HARLEQUIN®
Recrea el tiempo para ti™

Deseo®

ALGO PARA COMPARTIR
Elizabeth Bevarly

HARLEQUIN®
Recrea el tiempo para ti™

NOVELAS CON CORAZÓN

Editado por HARLEQUIN IBÉRICA, S.A.
Hermosilla, 21
28001 Madrid

I.S.B.N.: 84-396-6328-5
Depósito legal: B-22450-1998
Editor responsable: M. T. Villar
Diseño cubierta: María J. Velasco Juez
Composición: M.T., S.A.
Avda. Filipinas, 48. 28003 Madrid
Fotomecánica: PREIMPRESIÓN 2000
c/. Matilde Hernández, 34. 28019 Madrid
Impresión y encuadernación: LITOGRAFÍA ROSÉS, S.A.
c/. Progreso, 54-60. 08850 Gavá (Barcelona)
Fecha impresion para Argentina: 18.10.98
Distribuidor exclusivo para España: M.I.D.E.S.A.
Distribuidor para México: INTERMEX, S.A.
Distribuidores para Argentina: interior, BERTRAN, S.A.C. Vélez
Sársfield, 1950. Cap. Fed./ Buenos Aires y Gran Buenos Aires,
VACCARO SÁNCHEZ y Cía, S.A.
Distribuidor para Chile: DISTRIBUIDORA ALFA, S.A.

Capítulo Uno

Era una ventisca de proporciones enormes, incluso para lo habitual en el noroeste. Cooper Dugan trató de ver algo a través de la nieve que cubría el limpiaparabrisas y cambió a primera velocidad. El frío viento de marzo se colaba fácilmente por las puertas y ventanas de plástico del Jeep, dejándole aún más helada la nariz y adormeciéndole los dedos.

Tomó como pudo el termo de café que había estado sujetando entre las rodillas y desenroscó la tapa. Luego bebió directamente del termo. El café estaba más caliente de lo que se había esperado y se quemó la boca, haciendo que una buena parte del mismo se le derramara por encima. Maldijo con ganas y se limpió la cara con el dorso de la mano.

—Vaya una forma de pasar una noche de sábado —murmuró.

Se recordó a sí mismo que se suponía que ése era su fin de semana libre. Incluso, en ese mismo momento, debía estar con una chica, una nueva enfermera de cardiología, morena y muy guapa. Se suponía que debía estar pasándoselo bien después de dieciocho días sin parar. Y allí estaba él, haciendo de buen samaritano respondiendo a una llamada de socorro del alcalde de Brotherly Love, que ni siquiera le iba a pagar por aquello.

Pero no era su culpa el que los tipos del tiempo

hubieran subestimado lo que estaba resultando la peor tempestad de nieve de la historia del estado de Pennsylvania ¿no? No era su culpa que le dijeran cuando llamó al servicio meteorológico que podía ir al norte sin problemas.. Y tampoco era su culpa, ni su problema, que un grupo de ciudadanos locales tuvieran problemas para conseguir la atención médica diaria que necesitaban.

Ni siquiera vivía en Philadelphia. Era un chico de Jersey desde siempre.

Entonces, ¿qué demonios estaba haciendo allí, helándose y luchando por mantener en la carretera ese Jeep, derramándose el café por encima?

Se dijo a sí mismo que la próxima vez dejaría que fuera otro el que hiciera esas cosas. La próxima vez que un ayuntamiento hiciera un llamamiento público pidiendo que todo aquel que tuviera un todo terreno y conocimientos de primeros auxilios fuera a su pueblo, preferiría que eso sucediera en las Barbados.

–¿Cooper, querido, estás todavía ahí?

Esa voz surgió de la radio que había dejado en el asiento de al lado y, sin apartar la mirada de la carretera, la tomó con una mano.

–Sí, Patsy, sigo contigo –respondió después de apretar el botón correspondiente.

–¿Por dónde andas?

–No tengo ni idea.

–Bueno, dame una estimación.

Cooper suspiró, casi detuvo el Jeep y vio unas casas dando a lo que parecía una calle.

–Creo que estoy en Chesnut Hill. Eso parece. Por lo menos hay algunos árboles. ¿En qué otra parte del centro de una ciudad iba a ver árboles?

–Por lo que dices, debe serlo. De acuerdo, per-

4

fecto, Cooper, tengo otro mensaje para ti. No entiendo muy bien la letra, pero parece que tienes un paciente con prisa, un chico de dieciséis años que no ha podido hacer su diálisis esta tarde. Será mejor que llegues pronto allí.

–Pronto –murmuró para sí mismo–. Sí, claro.

Estaba muy cansado y notaba la falta de sueño.

Ese mismo día había llevado a un niño de cuatro años al hospital con una pierna rota, y no había parado de llorar en todo el camino. Luego había resucitado a una anciana de ochenta años que había sufrido un ataque al corazón y había llevado medicinas a cuatro personas dispersas por toda la ciudad. Incluso había llevado a un perro al veterinario.

Al parecer, lo peor de esa tormenta era la desorganización que había causado.

–Patsy –dijo tan pacientemente como pudo–. Lo de llegar pronto no es una opción en este momento. Tal como está nevando, tendré suerte si puedo llegar mañana al amanecer.

–Pero llega.

La mujer estaba evidentemente tan cansada como Cooper. Le dio una dirección que él esperó poder recordar, ya que no había manera de apuntarla.

Tardó casi media hora en llegar a una calle que estaba a sólo una manzana de donde le había dicho Patsy. Por fin encontró la casa en cuestión, aparcó en medio de la calle sin preocuparle si alguien chocaba contra su coche. Al fin y al cabo, en una noche como ésa, sólo salían los idiotas como él.

Tomó el botiquín que siempre llevaba con él y abrió la puerta. Se echó sobre la cabeza la capucha de la sudadera que llevaba bajo la chaqueta, se abrigó todo lo que pudo y luego corrió hacia la casa.

Katherine Winslow estaba haciendo la maleta para hacer un largo viaje a cualquier parte salvo a donde estaba, cuando rompió aguas. Tragó saliva cuando sintió como el líquido le corría por las piernas y se quedó mirando desmayadamente el charco que se estaba formando a sus pies. Aquello había sido un embarazo complicado y, para terminar, el parto se presentaba con tres semanas de antelación y en medio de la peor tormenta de nieve en la historia de Pennsylvania. Además, acababa de descubrir que su marido no había resultado ser lo que decía que era, incluyendo su marido.

No hay nada mejor que el que te aparezca la esposa de un hombre en tu puerta para darse cuenta de que ella no lo era.

Ahora, Katherine estaba tumbada hecha un ovillo en la gran cama que había estado compartiendo con un desconocido desde hacía meses, apretándose el vientre mientras la recorrían espasmos de dolor y no tenía ni idea de qué hacer.

Pensó que William sí lo sabría. Si estuviera en casa en vez de viajando por negocios o, por con lo que le había dicho a ella que eran negocios, sabría que hacer. La estaría cuidando como lo había hecho desde que se habían conocido. Como se supone que tiene que hacer un marido con su esposa.

Pero William no era su marido, se recordó a sí misma mientras le venía otra contracción. Él no le había dicho que ya estaba casado con otra mujer, ni siquiera cuando se habían casado en Las Vegas hacía casi un año.

Pero él sí que era una cosa, el padre de su hijo. Un niño que, si podía evitarlo, nunca conocería a su padre. Pero, al parecer, William tenía otra idea.

En ese momento era el menor de sus problemas. Llevaba horas de parto y no tenía ni idea de lo que hacer. William no había querido que fuera a un cursillo de pre parto, le había dicho que tendría los mejores médicos y enfermeras que ya sabrían lo que hacer. De todas formas, ella había leído algunas cosas por su cuenta, pero ahora no podía recordar nada.

Pensó que debía llamar a alguien y miró el teléfono de la mesilla de noche. Pero los pocos amigos que tenía en Philadelphia lo eran de William antes que de ella. Si los llamaba, él se enteraría inmediatamente del nacimiento de su hijo, allá donde estuviera. Y entonces, ese hombre que no era su marido, iría corriendo a su lado, que era el último lugar donde quería encontrárselo.

Entonces, para empeorar las cosas, las luces parpadearon y luego se apagaron definitivamente.

Se giró al otro lado y deseó poder despertarse de lo que le estaba empezando a parecer una pesadilla terrible. Por primera vez, tuvo miedo. Y no sólo de que algo fuera mal con el niño, sino de pasar sola el resto de su vida, de haberlo arruinado todo irreparablemente.

Se puso las manos en el vientre, como si quisiera abrazar a su hijo aún no nacido.

–Lo siento –susurró entre lágrimas–. Lo siento mucho.

Cooper llamó a la puerta con el puño por tercera vez, maldiciendo a Patsy por haberle dado la dirección equivocada. Iba a llamar otra vez, cuando sonó la radio que llevaba en el bolsillo.

–¿Cooper?

Él la sacó y se la llevó a la oreja.

–¿Sí?

–Um, lo siento chico, pero creo que te he mandado a un lugar equivocado.

Cooper le soltó entonces todas las palabrotas y maldiciones que conocía, y algunas más que se inventó. Luego respondió más calmadamente:

–¿Qué?

–Uh, sí. Esas notas de diálisis eran para esta tarde y el chico ahora ya está de vuelta en su casa, a salvo. Lo siento, no tenías que estar ahora donde estás.

Cooper estuvo a punto de mostrarse de acuerdo con ella, de decirle que donde debería estar él era entre los brazos de una chica y con una copa de un brandy muy caro y caliente entre las manos. Entonces oyó un débil pero inequívoco grito femenino al otro lado de la puerta.

Puso la mano inmediatamente en el picaporte y trató de abrirlo, pero no giró. Otro grito y, sin pensarlo más, tomó el botiquín metálico y golpeó con él el picaporte hasta que logró abrirlo, no sin destrozarlo antes.

Dentro de la casa estaba oscuro y sólo el reflejo de una farola de la calle impedía que estuviera aquello negro como la boca del lobo. Más allá de su campo de visión, alguien gritó de nuevo. Cuidadosamente, avanzó unos pasos.

–¿Hola? –dijo–. ¿Quién está ahí? ¿Está bien?

Sólo se oyó un gemido.

–¿Hoola?. No tenga miedo, soy enfermero. Puedo ayudarla.

Al principio pensó que la mujer había dejado de respirar, por lo silenciosa que se había quedado la habitación. Se bajó la capucha y se pasó una mano por el cabello rubio.

Por fin, una leve voz femenina lo llamó desde el otro lado de la habitación.

–¿Pue... puede ayudarme?

Cooper avanzó unos pasos más en dirección a donde venía la voz.

–Sí, puedo ayudarla. Sólo dígame dónde está.

–Ayúdeme... Por favor.

Cooper abrió el botiquín y sacó una linterna. Por fin el haz dio en una mujer que estaba tirada en una esquina. Era morena y tenía el cabello empapado de sudor, a pesar del frío que hacía allí. Lo estaba mirando con unos ojos grises llenos de terror. Y, evidentemente, estaba de lo más embarazada.

–Oh, no –murmuró Cooper–. No, no, no. Esto no. Cualquier cosa, menos esto.

La mujer levantó una mano.

–Ayúdeme –susurró–. Por favor. Mi hijo... Ayude a mi hijo.

Magnífico, pensó él. Aquello era magnífico. Con la mala suerte que tenía, iba a tener que enfrentarse a un parto doméstico. Porque no había manera de poder llevar a aquella mujer al hospital. Sólo había una cosa peor que un parto en casa: un parto en la parte trasera de un Jeep inmovilizado por una tormenta de nieve.

Suspiró resignadamente, dejó el botiquín en una mesita cercana y miró de nuevo a la mujer.

–¿Está sola? –le preguntó.

–Mi marido no está... en la ciudad.

–No creo que la pueda llevar a tiempo al hospital, así que parece que va a tener que dar a luz aquí mismo. ¿Le parece bien?

Ella asintió débilmente, pero no dijo nada.

Cooper fue entonces a cerrar la puerta y, de paso, vio una chimenea. Se dio cuenta de que ya estaba preparada para arder con sólo encenderla, lo que proporcionaría un calor de lo más bienvenido. Encontró una caja de cerillas, encendió una de ellas y, al cabo de unos momentos, las llamas empezaron a iluminar aquello.

Luego se dedicó de nuevo a la mujer.

–Muy bien –le dijo–. Así está mejor. Vamos a tener que dar a luz aquí mismo, dado que supongo que no hay calefacción en toda la casa. Vamos a necesitar unas toallas limpias y agua... Creo que yo traigo todo lo demás en el botiquín. Así que ¿dónde tiene esas cosas y dónde me puedo lavar?

Katherine miró a esa gran aparición que había surgido de la nada y se sintió cualquier cosa menos aliviada. Por lo poco que había podido ver de él a la luz de la linterna y ahora de las llamas, sólo sabía que era grande, ancho y rubio. Su voz, rica y masculina, no era nada consoladora, no reflejaba para nada que él estuviera asustado o impresionado. Pero le había dicho que era enfermero, y eso significaba que debía saber algo de cómo nacen los niños, ¿no? Ciertamente, más que ella sí.

Cuando volvió ese hombre, ella estaba tratando de ponerse en pie, él vio sus intenciones y la ayudó a levantarse y la instaló en el sofá. De nuevo, ella se quedó impresionada por su tamaño y solidez. Se dijo a sí misma que, si fuera inteligente, tendría miedo de él. Pero lo cierto era que ella nunca había sido muy inteligente en lo que se refería a los hombres y, además, a ese tipo lo que menos le podía apetecer, teniendo en cuenta el estado lamentable en que se encontraba ella, sería violarla. Así que, a pesar de todo, ese hombre no la asustó nada.

–¿De dónde ha salido usted? –logró preguntarle entonces–. ¿Cómo ha sabido que estaba aquí? ¿Lo... lo ha mandado William?

El hombre le estaba dando la espalda y estaba sacando cosas de lo que parecía un botiquín muy completo.

–¿Quién es William?

–Mi... mi marido. ¿Lo ha...? ¿Está usted aquí porque lo ha mandado él?

El hombre agitó la cabeza sin mirarla.

–No. Ha sido sólo cosa de suerte. Pura suerte. ¿desde hace cuánto tiempo que no hay luz?

Entonces Cooper se volvió hacia ella.

Katherine se puso una mano en el vientre cuando le llegó otra contracción, pero menos intensa.

–No lo sé. Todavía era de día cuando rompí aguas, sobre las cuatro o cuatro y media. ¿Qué hora es ahora?

El hombre se iluminó el reloj con la linterna.

–Las nueve. ¿Lleva cinco horas de parto?

Katherine lo pensó por un momento. Los dolores no habían empezado realmente al mismo tiempo de la rotura de aguas, pero no podía recordarlo.

–No lo sé.

El hombre se puso de rodillas a su lado. Eso le permitió a ella darse cuenta de que, además, tenía los ojos verdes. Y unos labios que, además de ser hermosos eran muy, muy masculinos.

Él empezó a extender la mano hacia ella, luego pareció pensárselo mejor y se la apoyó en una rodilla.

–¿Cómo se llama? –le preguntó.

Ella fue a decirle la verdad, pero entonces se dio cuenta de que, la verdad era una mentira. Ella no era Katherine Winslow. Eso lo había sido cuando se casó con William, pero como esa boda había sido una farsa, no tenía ni idea de quien era ahora.

—Me llamo Katherine Brennan.

Así era como se había llamado en otra vida, hacía siglos. Ahora bien podía volverse a llamar así.

—Katie Brennan —repitió el hombre.

Entonces él sonrió y, por primera vez en lo que le pareció mucho tiempo, se sintió aliviada. Ésta vez, cuando él extendió su mano hacia ella, se la tomó.

—Encantado de conocerte, Kate —dijo—. Yo soy Cooper Dugan. Como te he dicho, soy enfermero. Pero he de serte sincero, nunca antes he ayudado a dar a luz. Sé lo que hay que hacer, bastante bien, pero nunca lo he hecho...

Se calló cuando vio que ella parecía preocuparse.

—¿Es éste tu primer hijo?

Ella asintió, sintiéndose un poco menos aliviada ahora.

Cooper asintió.

—Entonces, supongo que ya tenemos algo en común.

Ella fue a decir algo más cuando los dolores la asaltaron de nuevo, con más intensidad incluso que antes. Gritó, apretando la mano que Cooper le había ofrecido.

Iba a ser una noche muy larga.

No se dio cuenta de que eso lo había dicho en voz alta hasta que Cooper asintió y le dijo:

—Sí, lo va a ser con toda seguridad.

Ella lo miró cuando tomó su chaqueta, se sacó del bolsillo una radio y llamó.

—Patsy —dijo suspirando—. Soy Cooper. Será mejor que me saques de la lista de rondas. Voy a estar... er, no disponible durante un rato.

Capítulo Dos

Llegó la mañana y, para entonces, la ventisca se había transformado en una nevada de aspecto casi mágico, ya había vuelto la electricidad y Cooper la había ayudado a dar a luz a un precioso niño.

Saber eso lo había dejado enormemente sorprendido.

A pesar de que la luz había vuelto, seguía manteniendo encendida la chimenea y todas las luces estaban muy bajas, se sentó allí delante, en el suelo, rodeado por todo el lujo y la opulencia de esa casa, pero él lo ignoró todo y sólo miraba a la madre durmiente y su hijo, del que se sentía, por lo menos en parte, responsable.

Pensó en las tradiciones de otras culturas que decía que, cuando una persona le salvaba a otra la vida, se hacía responsable de quien hubiera rescatado y supuso que podía ser lo mismo cuando alguien ayudaba a nacer a otra persona. Esa era la única razón que se le ocurría para el fuerte lazo que sentía hacia ese niño que dormía en brazos de su madre.

Observó también a la madre. Por alguna razón, se sentía también responsable de Katie Brennan ahora. Estaba tumbada en el suelo, apoyada en un montón de cojines, desnuda entre unas sábanas. Tenía los ojos rodeados por unos círculos color púrpura y el oscuro cabello empapado de sudor. No sabía nada de ella, salvo su nombre y dirección y, aún así, no se podía quitar de encima la sensación de que estaba unido a ella irrevocablemente.

Bajó entonces la mirada hasta el anillo que ella llevaba en la mano izquierda. Era de diamantes, de esos que un hombre le daba a una mujer a la que pretendía tener siempre a su lado. Esa certeza era algo que él no podía siquiera esperar de una mujer, por mucho que la amara. Evidentemente, Katie Brennan era una mujer acostumbrada a una clase de vida muy distinta de la suya.

Se dijo a sí mismo que eso no importaba. Después de todo, estaba casada y atada a su marido por algo mucho más significativo que ese anillo. Tenía un hijo, el hijo de su marido. Y nada en el mundo podía atar tanto como eso.

Cooper se llevó una mano a la nuca y se la frotó. Aquello había sido mucho más que una larga noche. Si él estaba ahora así de cansado, sólo se podía imaginar cómo estaría ella después de aquello. Había gritado, llorado y ambos habían jurado y maldecido como marineros borrachos. Ella había empujado, gemido y llorado. Él la había amenazado, engañado y animado. Y, en algún momento del amanecer, había nacido Andrew Cooper Brennan.

El que el niño llevara su nombre había sido idea de Katie, más bien una exigencia. Le dijo que Andrew era el nombre de su padre. Cuando Cooper le preguntó qué pensaría él de que su hijo llevara el nombre de un desconocido, Katie le había sonreído débilmente y le dijo que él era menos desconocido para ella que lo que era su marido. Antes de que le pudiera aclarar eso, se quedó pesadamente dormida y él pensó que aquello debía tratarse de una especie de delirio posparto y que ella no había sabido de lo que estaba hablando.

Luego miró las fotos de encima de la chimenea. En una de ellas se veía a Katie con un hombre de buena apariencia, sonriendo ambos ampliamente, delante de un Jaguar negro, felices y contentos.

Otra de las fotos parecía un poco fuera de lugar y, de alguna manera, le pegaba a Katie más que las demás. Era una foto suya de adolescente, delante de los escalones que daban a un edificio que parecía una vieja granja. Detrás de ella se veían un hombre y una mujer tiesos como postes y ambos tenían una mano sobre cada uno de sus hombros. La única que sonreía era Katie. Pero esa era una sonrisa triste.

Volvió a mirar a la mujer que dormía tan cerca de él y, de nuevo, lo asaltó la sensación de que, de alguna manera, ahora era responsable de ella. De ella y del niño. Seguía pensando en eso cuando Katie abrió los ojos y sonrió.

–Buenos días –dijo ella suavemente.

Evidentemente, estaba tan cansada como lo había estado hacía un par de horas, cuando se había dormido.

Cooper le devolvió la sonrisa.

–Buenos días a ti también.

Ella miró al niño que tenía en brazos, que se despertó y gimió un poco, Katie se rió y se lo colocó mejor. El niño buscó entonces y su boca se encontró con el pezón por fin y empezó a chupar.

–Voy a tener que encontrar a alguien que sepa más de dar de mamar que yo –dijo ella cuando volvió a mirar a Cooper–. No creo que ni Andrew ni yo tengamos ni idea de cómo se hace.

Entonces Cooper se dio cuenta por primera vez

del acento sureño de ella. Evidentemente, no era de por allí.

—En el hospital tiene que haber alguien que te pueda ayudar. O, por lo menos, podrán darte alguna referencia.

A ella le desapareció la sonrisa.

—¿Hospital?

—Claro. Parece que está nevando menos y, teniendo en cuenta la cantidad de ricos que viven por aquí, no habrá problema en conseguirte una cama.

—Pero...

—Pero ¿qué? ¿Es que no estás ansiosa por llegar al hospital para asegurarte de que estáis bien el niño y tú?

Ella agitó la cabeza.

—Sé que todo está bien.

—¿Cómo lo sabes?

—Lo sé.

Cooper asintió, pero aquello le pareció extraño.

—Sí, bueno, pero puede que no sea una mala idea que os echen un vistazo a los dos. Sólo para estar seguros. He llamado al hospital hace un rato y han mandado una ambulancia. Por supuesto, con toda la nieve que hay ahí fuera, van a tardar un buen rato.

El rostro de ella se puso más pálido todavía.

—¿Qué has hecho?

—He llamado al hospital y llegará una ambulancia dentro de un par de horas. Es el procedimiento habitual. ¿Cuál es el problema?

Katie agitó la cabeza y se preguntó qué iba a hacer ahora. El problema estaba en que, si iba al hospital, iba a tener que registrar el nacimiento de Andrew e iba a tener que responder a un montón de preguntas acerca de su padre. Sabía que tenía que registrar al niño, aunque con ello le estuviera proporcionando al monstruo que era su supuesto marido un arma para que se lo pudiera quitar para siempre. Una vez que el apellido Winslow estuviera en el certificado de nacimiento de Andrew, el montón de caros y amorales abogados que trabajaban para su padre, harían todo lo necesario para asegurarse de que ella no lo volviera a ver.

–No puedo ir al hospital –dijo.

Cooper la miró sorprendido.

–¿Por qué no?

–Es sólo que... no puedo. Cooper, tienes que volver a llamarlos y decirles que te has equivocado.

–¿Que me he equivocado? ¿Perdona? ¿Qué quieres que haga, que los vuelva a llamar y les diga: Hola, soy Cooper de nuevo. Sabéis lo del niño que he dicho que he ayudado a dar a luz? Bueno, pues me he equivocado. Realmente lo que he traído al mundo era una pizza suprema. Lamento el error.

Ella hizo una mueca.

–No, por supuesto que no. Pero es muy importante que Andrew y yo no vayamos al hospital.

–¿Por qué?

–No podemos...

–Bueno, mala suerte. Porque los dos vais a ir al hospital. Y yo pretendo acompañaros en todo momento.

Katie abrió la boca para protestar, pero decidió que era inútil. En algún momento de esa noche había descubierto, cuando de repente le dijo a él que había cambiado de opinión y que no iba a tener ese hijo, por mucho que Cooper le suplicara o amenazara, que ese hombre no aceptaba una negativa por respuesta.

Miró a Andrew, que seguía chupando. Era gordito y rosado. Entonces se dio cuenta de repente de que era completamente responsable de él. Era cosa suya asegurarse de que nada malo le pasara a su hijo y de que tuviera lo mejor que le pudiera ofrecer, que fuera feliz y libre para vivir una buena vida. Era cosa de ella asegurarse de que William Winslow no le pusiera nunca las manos encima a su hijo.

Pero por otra parte tenía que asegurarse de que tanto ella como el niño estaban físicamente bien antes de pensar en esconderse.

Volvió a mirar a Cooper entonces.

—De acuerdo, iremos al hospital.

Él suspiró aliviado.

—Bien, muchas gracias.

—No tienes que ponerte sarcástico.

Entonces se le ocurrió a ella que estaba sentada en medio de su salón, completamente desnuda con un hombre al que apenas conocía. Un hombre que la había ayudado a traer al mundo a su hijo. Un hombre que seguía teniendo manchas de sangre suya en sus ropas. La completa comprensión de la intimidad que había compartido con ese desconocido la golpeó de lleno y se tapó un poco con la sábana.

Cooper apartó la mirada cuando lo hizo y ella pensó que lo había visto ruborizarse. Sonrió. La confortaba el que, a pesar de lo que habían pasado juntos, él todavía podía respetar su pudor.

—Entonces... ¿dónde está el perro? —preguntó él.

—¿Qué perro?

—Ese de las fotos.

—Es una perra. Es de una amiga de Las Vegas. No las he visto desde hace un año.

—¿Eres de Las Vegas? Es curioso, juraría que tu acento me sonaba sureño.

Ella se rió y luego se pasó a Andrew del seno derecho al izquierdo. Cuando volvió a mirar a Cooper, él apartó de nuevo la mirada y ella sonrió más todavía.

–¿Todavía lo tengo? Creía que se me había quitado por completo.

–¿Eres del sur?

Katie asintió.

–Del oeste de Kentucky. Tengo un primo que solía vivir en Las Vegas, así que me fui para allá cuando me gradué en el instituto, hará unos ocho años, para ganarme la vida como cantante. En vez de eso, terminé trabajando de camarera. Hasta... hasta que conocí a William.

Cooper asintió, pero no dijo nada.

–¿Y tú? –le preguntó ella.

–¿Qué pasa conmigo?

–¿Estás casado? ¿Tienes hijos?

Él se rió ansiosamente.

–¡De eso nada!

–No eres de los que se casan, ¿eh?

–No. Ni tampoco soy dado a la paternidad –dijo él como si fuera muy importante aclarar su posición en eso.

–Bueno, si luego te ves en tu lecho de muerte arrepintiéndote de esa decisión, podrás descansar en paz sabiendo que eres responsable de que, por lo menos, haya un niño más en el mundo. No sé lo que Andrew y yo habríamos hecho si no hubieras aparecido anoche. Tengo que mandarle una nota de agradecimiento a sea quien sea quien te haya mandado aquí por equivocación.

–No es necesario. Estoy seguro de que ha sido cosa del destino.

Katie lo observó mientras se desperezaba. Si él

estaba soltero, ciertamente no sería porque ninguna mujer lo encontrara suficientemente atractivo. Durante la noche ella no había tenido ni el tiempo ni las ganas de pensar mucho en él. Pero ahora, por la mañana, mientras su hijo se volvía a dormir en sus brazos, se tomó un momento para pensar en el hombre que había llegado a ella en medio de la oscuridad y la nieve la noche anterior.

Era simplemente hermoso. No estaba segura de haber visto alguna vez en su vida a un hombre más atractivo que Cooper Dugan. Y nunca había conocido a alguien tan seguro de sí mismo. Durante la noche ella había sentido un poco de pánico, comprensiblemente, pero él se las había arreglado para tranquilizarla. Nunca olvidaría esa profunda voz suya animándola. Ni sus fuertes manos cuando le dejó el niño sobre el vientre nada más salir de ella.

No por primera vez se encontró deseando que Cooper Dugan fuera el padre de su hijo. O, por lo menos, un hombre como él. ¿En qué podía haber estado pensando cuando se enamoró de William?

Abrió la boca para decirle algo a Cooper, pero se le olvidó por el agotamiento.

—Tengo que dormir ahora —logró decir antes de que se le cerraran los párpados.

—Lo comprendo —oyó ella ya semiinconsciente.

Y entonces ella se encontró pensando que si él pudiera...

Cooper la observó mientras dormía por unos minutos, luego se miró la ropa, manchada de sangre. Normalmente ver sangre y demás no le afectaba nada, pero darse cuenta de que esa sangre era de Katie le produjo una sensación extraña.

Normalmente la sangre que solía llevar encima cuando terminaba de trabajar era por algo violento, un accidente, un disparo o cosas así, pero no era ese el caso ahora. Esta vez en vez de oír un último suspiro, lo que había oído había sido la primera respiración de un niño.

Esta vez, por primera vez, había sentido un curioso calor en el corazón, una tensión en su interior que nunca antes había sentido. Y no lo podía comprender.

Apartó esos pensamientos extraños y se dirigió a la cocina y siguió pensando en los lujos de esa casa, la mayoría parecían sin utilizar. Se quitó la camiseta y la tiró a la basura. Luego llenó la pila y, después de ponerse la relativamente limpia sudadera, fue a buscar el dormitorio de Katie. Seguramente, en alguna parte de la casa se encontraría esas inevitables bolsas con que las embarazadas suelen estar preparadas para ir al hospital. Las primerizas generalmente se pasan metiendo cosas en esas bolsas y las tienen preparadas desde mucho tiempo antes.

Para su sorpresa, lo que se encontró en el dormitorio fue una gran maleta en el suelo y, desparramadas por ahí, muchas más prendas de las necesarias para una breve estancia en el hospital. Era como si Katie hubiera estado haciendo la maleta cuando rompió aguas.

Cooper apartó una sospecha incómoda de su mente. Katie le había dicho que el bebé se había adelantado varias semanas, así que, evidentemente, no había pensado que fuera a dar a luz esa mañana. No podía tener en mente una estancia en el hospital cuando estaba haciendo la maleta el día anterior. Así que, ¿por qué...?

Se interrumpió antes de seguir pensando. Sin

duda, el que ella hubiera hecho la maleta el día anterior era el resultado de algo perfectamente normal. Tal vez hubiera pensado ir a reunirse con su marido, allá donde él estuviera. Tal vez fuera a visitar a algún pariente. Tal vez estuviera metiendo cosas en la maleta para ponerla debajo de la cama...

Tal vez aquello no fuera asunto suyo.

Definitivamente, no lo era, decidió. Lo que Katie hiciera con su vida no le importaba a él. La noche anterior él había estado en el lugar adecuado en el momento preciso y la había ayudado en una situación muy precaria. Pero una vez que llegara la ambulancia para llevársela con el niño, eso terminaría con cualquier atadura que tuviera con ella. Ellos eran los dos clásicos barcos en la noche. Dos desconocidos que se juntan en una crisis. Después de la llegada de la ambulancia, no volvería a ver a Katie Brennan nunca más.

Entonces, ¿por qué le importaba tanto darse cuenta de ello?

Sin pensar en lo que estaba haciendo, Cooper recogió las cosas de Katie y las puso sobre la cama todo lo ordenadamente que pudo, luego tomó unas pocas cosas que iba a necesitar ella en el hospital y las metió en una bolsa pequeña que encontró en el armario.

Trató de no pensar en la intimidad que conllevaba lo que estaba haciendo por ella en ese momento, lo mismo que había tratado durante toda la noche de no pensar en la intimidad que representaba el estar con ella mientras daba a luz a su hijo. De todas formas, inevitablemente, esa intimidad no había desaparecido de su mente ni por un momento.

Se recordó a sí mismo que ya era mayorcito. Había visto mujeres desnudas anteriormente, había compartido cosas con algunas de ellas que iban más allá de lo íntimo. Katie Brennan era una desconocida. ¿Cómo podían ponerse en plan íntimo unos desconocidos?

–Vaya, Coop –se dijo a sí mismo mientras cerraba la bolsa–. ¿Desde cuándo te has vuelto filósofo?

Apartó de su mente todas las incómodas preguntas que llevaban acosándolo desde que entró en esa casa, pero no lo logró por completo. Exigiendo respuestas, permanecieron en el fondo de su mente y, se dio cuenta de que, probablemente, nunca podría disipar los recuerdos de esa noche que había compartido con Katie Brennan y su hijo.

Lo que, probablemente, no estaba mal, decidió luego. Porque no le cabía duda de que había sido lo más cerca que estaría de ser parte activa en el nacimiento... o la vida, de un niño.

Capítulo Tres

Katie se despertó con el ruido de voces y se dio cuenta de que debía haberse quedado dormida mientras la llevaban en camilla a su habitación. Abrió los ojos y se dio cuenta de que Cooper se estaba riendo de algo que le había dicho una mujer con el uniforme del hospital. Katie sonrió también, olvidándose por un momento de dónde estaba y lo que le había pasado. Por un momento sólo fue consciente de su propia existencia en la misma habitación con Cooper. Y, durante ese breve y mágico momento, eso fue lo único que importaba en el mundo.

Entonces el niño que tenía en brazos se agitó y ella recordó que había algo en el mundo infinitamente más importante que un hombre risueño y atractivo. Le acarició la cabeza a su hijo y su sonrisa creció. Le dio un beso en la cabeza y lo sujetó delicadamente. La enfermera la ayudó a meterse en la cama y, mientras miraba la luz que tenía encima, pensó en Andrew, el nuevo hombre en su vida.

A lo largo de su pasado, los hombres habían aparecido y se habían marchado, dejándola con más con lo que volver a empezar, algunos la habían dejado incluso sin nada en absoluto. Pero Andrew estaría con ella para siempre. Y eso iba a cambiar las cosas para mejor. Mientras que antes había vagabundeado por la vida sin ningún destino en mente, el nacimiento de su hijo le había proporcionado un sentimiento de propósito y la firme decisión de que nunca se separarían.

–¿Katie?

La voz de Cooper interrumpió sus pensamientos y ella levantó la cabeza. Lo vio acercarse lentamente y, cuando se detuvo al lado de la cama, extendió una mano para apartarle el cabello de la frente. Hizo ese gesto con tanta familiaridad que ella dudó que se diera cuenta de lo que estaba haciendo. Luego llevó la mano a la cabeza de Andrew, acariciándosela.

–¿Cómo estáis? –le preguntó él–. Ese viaje a lo bestia en la ambulancia no te ha alterado mucho, ¿verdad?

Ella agitó la cabeza y susurró:

–No.

Esa palabra fue lo único que pudo salir de sus labios en ese momento.

–La enfermera me ha dicho que necesita echaros un vistazo. ¿Crees que puedes?

–Claro.

Él se enderezó un poco, luego dudó un momento, como si no le gustara lo que iba a decir a continuación.

–Um, escucha. Realmente lo siento, pero voy a tener que dejaros un rato. Todavía hay algunas personas aisladas por la nieve que necesitan ayuda y, yo estoy en posición de ofrecerla.

–Está bien, Cooper. Hey, tú hiciste lo más importante. Me diste a mi hijo.

Él la sonrió pícaramente, de una manera que hizo que el corazón le latiera a ella a toda velocidad.

–Sí, bueno... Pero creo que tú tuviste más que ver con eso que yo.

–Tal vez sí y tal vez no.

Él le tomó la mano y se la apretó por un momento antes de soltarla.

–Volveré esta noche para ver cómo estáis.

Ella asintió.

–¿Quieres que te traiga algo? ¿Que llame a alguien?

Ella supo que se estaba refiriendo a su marido, a quien le había asegurado anteriormente que era imposible de localizar, ya que estaba viajando por negocios, así que se limitó a repetirle:

–Gracias, pero yo me puedo cuidar sola.

–Si estás tan segura...

–Lo estoy.

–Entonces te traeré sólo un batido de fresa, ¿qué te parece?

Ahora fue Katie la que sonrió. Durante toda la noche no había parado de desear un gran batido de fresa para que le resultara más llevadero eso de dar a luz. Y, la verdad era que todavía le apetecía mucho.

–Me parece perfecto –le dijo.

–Lo tendrás.

Luego él le rozó la mejilla con un dedo, pero tan rápidamente que Katie pensó que se lo había imaginado. Luego se marchó y ella se preguntó por qué lo iba a echar de menos tanto cuando saliera de su vida.

–No tardaremos mucho con esto –le dijo entonces la enfermera y ella le pasó a Andrew de mala gana.

Luego la mujer lo pesó y le dijo:

–Vamos a tener que llevarlo al nido un tiempo mientras...

–No.

Esa corta respuesta dejó seca a la enfermera.

–¿Qué?

–Que no se va a llevar a Andrew a ninguna parte. Se quedará aquí, conmigo.

–Pero...

–Se va a quedar aquí, conmigo.

Debió haber más entereza en su voz de lo que se había imaginado, ya que la enfermera asintió y dijo:

–De acuerdo, haré que el médico venga aquí a examinarlo.

–Gracias.

–Ahora deje que le tome la tensión arterial a usted.

Kate extendió el brazo obedientemente y permaneció en silencio durante el resto del examen.

El médico dijo que Andrew estaba perfectamente y que estaba preparado para enfrentarse a la vida. Cuando terminaron, la enfermera le llevó un montón de papeles de diversos colores. La mayoría de ellos sólo necesitaban su firma. Pero uno de ellos, el que sabía que le iba a causar problemas, requería información para el certificado de nacimiento de Andrew.

Lo rellenó automáticamente, pero dudó cuando llegó a donde pedía el nombre del padre. Se preguntó cómo podría evitar identificar a William como padre de Andrew y también qué pasaría si dejaba en blanco eso o escribía la palabra desconocido. ¿Seguiría William pudiendo quedarse con el niño si ella no lo identificaba como su padre? ¿La haría parecer eso como una promíscua que ni siquiera sabía el nombre del padre de su hijo y con eso se lo pondría más fácil a William?

Katie seguía pensando cuando, como por obra de la providencia, la enfermera dijo:

–Ese marido suyo es todo un tipo.

Katie levantó de golpe la cabeza y la miró.

–¿Qué?

–Me refiero a ese tipo que vino con usted –dijo la enfermera sonriendo–. Ya sabe, su marido. Sólo he hablado un momento con él, pero parece un gran tipo. Ha estado de lo más atento desde que usted llegó, cuidándola como una gallina clueca, dándole órdenes a todo el mundo como si fuera un general. Es evidente que los ama mucho a usted y al niño.

–Pero Cooper no es... Él y yo no estamos casados.

La mujer asintió entonces.

–Bueno, tal vez el nacimiento de su hijo lo haga entrar en razón. Los hombres normalmente empiezan a asentar la cabeza cuando tienen un hijo en que pensar. Me apuesto algo a que ustedes dos atan más fuerte esa unión dentro de poco.

–Pero...

Katie no pudo seguir hablando porque una idea le explotó en el cerebro cuando comprendió la equivocación de esa mujer. Pero aquello era impensable. Inmoral. Lo que tenía en mente no era forma de devolverle a Cooper toda la amabilidad y paciencia que había mostrado con ella y su hijo. Les había salvado la vida a los dos esa noche. No podía permitir que esa gente fuera a pensar que él y ella estuvieran relacionados románticamente.

Pero como si tuviera vida propia, su mano se movió y escribió en letras de imprenta el nombre y apellido de Cooper, pero las líneas siguientes la hicieron detenerse, allá donde le pedían el número de seguridad social, la edad del padre y el lugar de nacimiento.

Podía imaginarse que Cooper tenía treinta y tantos años y, teniendo en cuenta su acento, debía haber nacido cerca de allí. Pero ¿el número de la seguridad social? Aquello era más difícil.

–Um –dijo cuando se dio cuenta de que la enfermera estaba esperando–. No recuerdo el número de la seguridad social de Cooper. ¿Le parece bien que termine de rellenar esto cuando él vuelva?

La enfermera se encogió de hombros.

–Claro, no hay problema. Siempre que lo tengamos antes de darla de alta...

–De acuerdo, se lo prometo.

La enfermera se volvió para marcharse y le dijo por encima del hombre:

–Llame si necesita algo.

–Lo haré. Gracias.

En el mismo momento en que se cerró la puerta, el cerebro de Katie entró en acción. Tenía que salir de allí, pensó frenéticamente. Tan pronto como pudiera hacerlo sin levantar sospechas, aunque todavía estuviera agotada y dolorida y sin importar que le hubiera hecho semejante faena a un hombre tan amable, haciéndolo responsable legalmente de un hijo que no era suyo.

Y sin importar que marcharse significara que no fuera a ver nunca más a Cooper Dugan. Por lo menos, si desaparecía, él sabría que no era intención suya forzarlo a saber de esa responsabilidad falsa.

Nada de eso tenía importancia, lo único que importaba era Andrew. Haría lo que fuera necesario para mantenerlo a salvo y a su lado.

Esperaba que, tal vez algún día, Cooper comprendería lo que la había llevado a hacer eso. Esperaba que, algún día, Andrew y ella estarían en posición de podérselo explicar. Pero hasta que llegara ese día, ella no tenía más opción que desaparecer. Era la única manera en que podía estar segura de que William no la iba a encontrar y quitarle a su hijo.

–¡Oh, señor Dugan!

Cooper se volvió rápidamente cuando lo llamaron, escapándosele entonces todos los globos que llevaba en una mano y se le cayera el gran oso de peluche que llevaba en la otra. Lo único que logró salvar fue el gran ramo de rosas que se había metido bajo el brazo y el tarro de batido de fresa que sujetaba junto con los globos.

No reaccionó así porque alguien lo llamara, sino porque como nunca nadie lo llamaba señor Dugan, el niño que tenía en su interior salió a la luz por un momento, temiendo que su padre, ya difunto, apareciera delante de él con el cinturón con una gran hebilla en una mano, amenazándolo.

Naturalmente, Cooper recordó inmediatamente que su padre no podía estar allí, ya que habían pasado casi quince años desde su muerte y más aún desde que él se había marchado definitivamente del lado de ese animal, sorprendido por la sangre que tenía en los nudillos después de haberle roto la nariz al viejo. Respiró profundamente y se tranquilizó.

–¿Sí? –dijo cuando la enfermera estuvo a su lado.

–Señor Dugan. Necesito su número de la seguridad social.

Todavía un poco agitado, Cooper le dijo el número de memoria, sin preguntarle la razón de esa necesidad a la enfermera.

–¿Fecha de nacimiento?

De nuevo él le dio la información automáticamente.

–¿Lugar de nacimiento?

—Gloucester City, Nueva Jersey.

De repente se le ocurrió a él que le estaba dando toda esa información a alguien que ni siquiera conocía. También se dio cuenta de que la enfermera lo estaba escribiendo todo.

—¿Qué pasa? —le preguntó mientras recogía el osito—. ¿Por qué necesita todo eso?

La enfermera siguió escribiendo y le respondió sin mirarlo.

—Lo necesitamos para el certificado de nacimiento de su hijo.

—¿Para qué...?

Finalmente la enfermera lo miró.

—Para el certificado de nacimiento de su hijo —repitió—. Su... er, su novia, se marchó sin completar el impreso.

Cooper agitó la cabeza tratando de escapar de lo que le estaba pareciendo un sueño extravagante.

—¿Mi novia?

Entonces comprendió el resto de lo que le había dicho la enfermera y añadió:

—¿Se ha marchado? ¿Katie se ha ido? ¿A dónde? ¿Qué demonios está pasando aquí? Acaba de dar a luz. ¿Cómo ha podido marcharse?

La enfermera lo miró como si él fuera un montón de basura y lo miró levantando una ceja, entonces Cooper supo que no le iba a gustar nada lo que le iba a decir.

—La señora Brennan se ha marchado del hospital ésta misma mañana. Si usted hubiera estado aquí para recogerla, que era lo que se suponía que tenía que hacer, se habría dado cuenta de ello.

Cooper había pretendido estar por la mañana, no porque pensara que Katie se fuera a ir, sino porque quería ver cómo estaban ella y el niño. La verdad era que había pensado ir la noche anterior, pero no había parado de hacer visitas hasta medianoche.

–Vamos a empezar de nuevo, ¿de acuerdo? –dijo.

La enfermera abrió la boca para decir algo, pero él levantó una mano para hacerla callar.

–Ayer –dijo–, a la hora de almorzar, llegué a este hospital en una ambulancia con una mujer que acababa de dar a luz a un niño. ¿Estoy en lo cierto?

–Por supuesto. Usted...

Él la hizo callar de nuevo.

–Y ¿el nombre de la mujer era...?

La enfermera miró brevemente sus papeles y respondió:

–Katie Brennan.

Cooper suspiró aliviado.

–Eso es, Katie Brennan. ¿Y el nombre de su hijo?

La enfermera volvió a mirar los papeles.

–Andrew Cooper Brennan Dugan.

Cooper asintió cuando oyó las tres primeras palabras, pero la agitó de repente al oír la última.

–No, eso no está bien. Es Andrew Cooper Brennan. Nada de Dugan. Su apellido termina en Brennan, ¿no es así?

La enfermera le enseñó los papeles para que él pudiera leer lo que había escrito Katie.

–No, ella dijo que quería que su hijo tuviera tanto su apellido como el de usted. Eso mismo dice aquí, en el impreso del certificado de nacimiento. Lo rellenó ella misma.

–Déjeme ver eso.

Sin esperar respuesta, le quitó los papeles.

–¡Hey! –exclamó la enfermera.

Pero él no le hizo caso. Allí ponía claramente que esa chica tenía razón. La misma Katie lo había rellenado. Katie decía con eso que él era el padre de Andrew. Y estaba por triplicado, para que todo el mundo lo viera. Había hecho que su hijo fuera también el de él. Por lo menos a los ojos de las leyes del estado.

–Esto no tiene ningún sentido –murmuró–. ¿Por qué habrá hecho algo así?

–¿Se refiere a marcharse pronto? –dijo la enfermera–. Porque ella no tenía seguro médico, por eso. Quiero decir que la póliza de usted cubrirá los gastos, por supuesto, dado que el niño es suyo. Pero dado que usted no está casado con la madre, la cuenta del hospital será muy pequeña. Así que se ha marchado pronto para ahorrarles algo de dinero.

–No, quiero decir...

–Naturalmente, ella no se quiso marchar sin el niño, así que hizo que también le dieran de alta –continuó la enfermera–. Dado que usted no apareció para recogerla ésta mañana, tomó un taxi para volver a su casa. No está nada bien lo que hizo usted.

–Pero...

Cooper estaba de lo más confuso y no pudo seguir.

–Su novia estaba lista para marcharse cuando yo llegué ésta mañana. El médico quiso que se quedara más tiempo, pero dado que no había ninguna complicación ni con el estado de salud del niño ni con el de ella y que no es inhabitual marcharse tan pronto, nadie vio ningún problema en que se marchara.

–Pero... pero... ¿y yo? Puede que tenga un problema con esto.

La enfermera le quitó entonces los papeles.

–Entonces debería haber estado aquí cuando ella se fue.

—Pero...

—Ahora, si me perdona, tengo que rellenar estos impresos.

—Pero...

—Váyase a casa con su novia y su hijo, señor Dugan. Y, esto no es asunto mío, pero yo en su lugar pensaría en casarme con esa mujer. Forme una familia normal. Haga lo correcto.

Luego se marchó y dejó solo a Cooper, completamente anonadado. A pesar de que era Katie la que lo había metido en ese lío, no podía dejar de sentirse curiosamente culpable. ¿Por qué? Ni se lo podía imaginar. Por un momento se sintió como si fuera él quien tuviera que hacer las cosas bien.

Por alguna razón, se sintió como si realmente debiera hacer las cosas bien y casarse con Katie para que su hijo fuera legítimo. Para hacer que los tres fueran una familia normal, como había dicho la enfermera. Aunque Katie fuera una desconocida. Y aunque Andrew no fuera su hijo de ninguna manera.

El único problema era que él no tenía ni idea de dónde podía estar ahora el resto de su nueva familia.

Capítulo Cuatro

Normalmente Cooper no tardaba nunca mucho en salir de los supermercados. Trataba de permanecer en esos lugares el menor tiempo posible, ya que no podía soportar las legiones de lentas y parlanchinas amas de casa y sus hijos gritones que suelen llenarlos.

Pero hacía ya un tiempo que no se sentía precisamente normal, así que no se puso nervioso cuando se colocó a la cola de la caja, detrás de una chica rubia. Y no era por las bonitas piernas que asomaban por debajo de los vaqueros cortados ni por su rubia melena. Lo que le estaba llamando la atención era el niño que llevaba esa chica en el carrito.

No tenía ni idea de la edad que podría tener, ni de su sexo. Bien podía ser un niño de dos semanas o una niña de siete meses. La verdad era que, hasta ese día, la única vez que había estado así de cerca de un niño fue esa noche en que ayudó...

No iba a pensar en eso. No iba a pensar en Katie y Andrew Brennan y en el hecho de que ambos no paraban de aparecer en sus sueños desde hacía un par de meses. No iba a pensar en cuando volvió a casa de Katie y se la encontró habitada por una pareja de ancianos que decían que vivían allí desde hacía años y que nunca habían oído hablar de una familia que se llamara Brennan.

Tampoco iba a pensar en cuando descubrió que

no había ningún Brennan en la guía telefónica de Philadelphia que viviera en ese pueblo. Ni tampoco en la razón por la que Katie hubiera dejado en el hospital una dirección falsa en Las Vegas. Y tampoco iba a pensar en que no tenía ni la menor esperanza de volver a encontrarse con ella para pedirle respuestas a todas las preguntas que lo atormentaban.

En vez de eso, centró su atención en el niño del carrito, que le devolvió la mirada sin parpadear, con unos enormes ojos castaños. Entonces el niño sonrió ampliamente y le sacó la lengua.

Eso hizo que Cooper se riera. No se dio cuenta de que lo había hecho hasta que la rubia se volvió y empezó a reírse también.

—Le cae bien —le dijo ella—. Normalmente no sonría de esa forma a los desconocidos.

—Es un niño, ¿no?

La chica asintió.

—Lo era la última vez que le cambié los pañales.

Cooper sonrió.

—¿Qué edad tiene?

—Cumplirá cinco meses la semana próxima.

—Es guapo.

—Sí, yo también lo pienso.

—¿Da mucho problemas?

La mujer se rió.

—Oh, sí. Mientras estaba embarazada, todos nuestros amigos no paraban de decirme que no me podía imaginar lo mucho que me iba a cambiar la vida cuando lo tuviera. Y mi marido y yo les respondíamos que ya lo sabíamos, que estábamos preparados para ello. Pero no teníamos ni idea. No se puede ni imaginar lo que te cambia la vida tener un hijo.

Cooper asintió.

–Pero merece la pena –continuó ella–. Es maravilloso. Tampoco se puede ni imaginar eso hasta que no se tiene un hijo.

–Sí, tal vez...

–¿Está pensando en tener uno usted?

Él agitó la cabeza resueltamente.

–No. Sólo era curiosidad.

Ella se volvió a reír.

–Mejor tenga cuidado. Eso era lo que yo solía decir.

Luego la chica se volvió y salió por la puerta.

Cooper la vio marcharse, pensando por primera vez en su vida que alguien podía tener un hijo y seguir siendo atractiva e interesante, además de seguir teniendo sentido del humor. Hasta entonces se había imaginado que eso de tener un hijo conllevaba casi inmediatamente ganar peso, quedarse calvo y volverse un señor mayor con todas las de la ley. Pero allí estaba esa chica, con la que, si no estuviera casada, bien podía haberle pedido que saliera con él. Parecía una chica... divertida y muy sexy.

Una vez en su casa seguía pensando en esas cosas cuando llamaron a la puerta, la abrió y se encontró de golpe con Katie Brennan al otro lado.

Así, de repente.

Por un momento sólo pudo mirarla, pensando que era una alucinación, un efecto de la luz, un espejismo. Pero no lo era, porque si lo fuera, tendría el mismo aspecto de la última vez que la vio y esa Katie era completamente distinta de la que había conocido hacía dos meses.

Estaba mucho más delgada, demasiado. Y su cabello era un poco más largo y le faltaba el brillo y la suavidad de antes. Estaba más pálida y tenía unas profundas ojeras, haciendo que sus ojos grises parecieran aún más grandes.

Parecía más agotada que la última vez que la vio. Más frágil, más nerviosa. Cooper sólo pudo apenas creerse la buena suerte que estaba teniendo al volver a encontrarse con ella.

Por un momento sólo la miró a ella, pero luego vio el niño que llevaba en brazos. Mientras que Katie parecía haberse deteriorado mucho, Andrew tenía un aspecto inmejorable. Era como si el niño se hubiera quedado con toda la vitalidad de Katie, como si ella se lo hubiera dado todo.

El bebé miró a Cooper con sus ojos grises y luego le dedicó de nuevo su atención a su madre. Cooper no sabía demasiado de niños, pero hubiera jurado que Andrew estaba preocupado por ella.

–Ayúdame.

Esas fueron las primeras palabras de Katie, las mismas que dijo cuando se la encontró en esa noche tormentosa.

Le estaba pidiendo ayuda para ella, pero él estuvo seguro de que lo hacía por su hijo.

–Katie...

Pero le fallaron las palabras. ¿Qué podía decir? ¿Qué podía decirle un hombre a una mujer con la que había pasado una noche espantosa, cuando había compartido con ella el nacimiento de su hijo? ¿Qué podía decirle a una mujer que lo había hecho figurar como el padre de su hijo a pesar de que eran unos completos desconocidos? ¿A una mujer que había desaparecido sin dejar rastro? ¿A una mujer que había atormentado sus sueños desde entonces? ¿Una mujer que había vuelto su vida cabeza abajo y había hecho que él se replanteara su vida scriamente?

–Cooper, por favor.... Tienes que ayudarme. Que ayudarnos. Andy y yo...

Luego, sin esperar respuesta, recogió la bolsa que tenía en el suelo y entró en el apartamento.

–Tenemos problemas –añadió ella–. Grandes problemas. Tienes que ayudarnos.

Todavía atontado, Cooper cerró la puerta, se volvió hacia ella y le dijo:

–Vaya, cuanto tiempo... ¿Cómo estás Katie? ¿Qué hay de nuevo?

–Yo... Cooper... Andy y yo... Nosotros...

Ahora fue el turno de que le fallaran las palabras a ella. Dejó la bolsa en el suelo y se acomodó mejor al niño. Cooper se acercó unos pasos sin darse cuenta siquiera de que se estaba moviendo. Luego se detuvo.

–Oh, ¿dónde está mi buena educación? –dijo él dándose una palmada en la frente–. ¿Puedo ofrecerte algo? ¿Café? ¿Un refresco? ¿Apoyo con el niño?

Ella suspiró y se llevó una mano a los ojos.

–Te estás refiriendo a lo del certificado de nacimiento de Andy, ¿no? Mira, eso te lo puedo explicar...

–Oh, ciertamente, eso espero. No todos los días eres padre. Sobre todo después de una noche con la madre. Noche que incluye traer al mundo al niño, en vez de fabricarlo...

–Cooper, no entiendes...

–Es cierto, no entiendo. Y me has dicho que lo puedes explicar, así que... espero esa explicación.

Pero Katie se limitó a seguir mirándolo en silencio. Por fin, le dijo:

–¿Te importa si me siento? Estoy realmente cansada.

Él le señaló el sofá.

–Ponte cómoda. Después de todo, al fin y al cabo, eres la madre de mi hijo.

Ella agitó la cabeza y, en vez de sentarse, se inclinó y abrió la bolsa. Sacó una manta de colores que extendió en el suelo y dejó allí a Andy con sumo cuidado. Luego le colocó al alcance algunos juguetes y siguió sin decir nada.

Cooper se sentó en una silla y se dedicó a observarlos todavía anonadado por todos esos sucesos.

Cuando levantó la cabeza, que había tenido oculta por el cabello, Cooper vio que estaba llorando en silencio.

Algo se agitó en su interior.

–Katie –dijo por fin suavemente–. ¿Qué estás haciendo aquí?

Cuando ella lo miró, lo hizo con una expresión de sorpresa, como si se le hubiera olvidado dónde estaba y con quién. Se enjugó las lágrimas y se incorporó.

–Llevo tratando de localizarte desde hace una semana –le dijo ella agitadamente–. No puedo seguir sola con esto por más tiempo.

–¿Con qué?

En vez de responder, ella volvió a mirar a su hijo y continuó.

–Tenía que encontrar a alguien en quien pudiera confiar. Pero no tenía a nadie. Luego pensé en ti y pensé que sólo podía confiar en ti, que tu querrías ayudarnos a Andy y a mí.

Cooper la miró a la mano izquierda. Seguía llevando la alianza.

–¿Y tu marido? ¿No debería ser la persona en quien tendrías que confiar cuando estás en problemas? ¿Es que no te puede ayudar?

Kate levantó de nuevo la cabeza y, por un breve instante, una dureza repentina se reflejó en su mirada.

–No, no puede.

–¿Por qué no? ¿Dónde está?

Lo último que quería Katie era revelarle a Cooper lo idiota que había sido ella en lo que se refería a William. Y también estaba la pequeñez de que, a pesar de que había ido en busca de su ayuda, realmente no estaba segura del todo de que pudiera confiar por completo en Cooper. Después de esos dos meses que había pasado correteando por ahí, había averiguado que no estaba mal ser un poco paranoica cuando tienes a alguien siguiéndote los pasos.

Bien pudiera ser que Cooper estuviera también relacionado con William. Después de todo, había sido muy oportuna su aparición y ella no había llamado a nadie. ¿Cómo podía saber si él no había llamado a William tan pronto como salió del hospital?

Pero de todas formas, no tenía a nadie más a quien recurrir y, en lo más profundo de su corazón, pensaba que podía confiar plenamente en ese hombre. Por lo menos eso había pensado cuando se le ocurrió que no sería mala idea ir en su busca.

Por supuesto, no tenía que darle inmediatamente la respuesta que él le pedía con respecto al paradero de su marido. Así que le soltó lo primero que se le ocurrió.

–Está en Tahití. Por negocios. En un viaje muy, muy largo. Y no volverá hasta fin de mes. Así que tú eres el único en que puedo confiar hasta entonces.

–¡Eso es! En Tahití, por supuesto. Y tu casa está en Chestnut Hill. ¿Por qué entonces no he encontrado en la guía telefónica del estado a ningún Brennan con tu dirección?

–Porque no figuramos en la guía.

Por lo menos aquello sí que era cierto, pensó Katie. Siempre había sabido que William era un tipo muy celoso de su intimidad, pero era algo que nunca la había molestado. Había dado por hecho que era así porque era rico y tenía una posición muy alta en la industria química y farmacológica. Había pensado que ese deseo de mantener la intimidad era para protegerla a ella. No se había dado cuenta de que era un bígamo que llevaba una doble vida.

Cooper asintió indulgentemente.

–Ya veo.

Lo que vio Katie era que no se estaba creyendo nada, pero en ese momento, aquella era la última de sus preocupaciones.

–Mira –dijo–. ¿Nos vas a ayudar o no?

–Tal vez debieras empezar de nuevo. Por el principio.

Ella asintió.

–Probablemente debiera hacerlo. Pero no lo haré. Empezaré por el final. Por la noche en que fuiste a mi casa.

Para Cooper, ese era realmente el principio, pero no se iba a poner a discutir con ella. No cuando Katie iba a empezar a darle esas respuestas que quería desde hacía un par de meses.

–Estaba haciendo la maleta para dejar a mi marido cuando rompí aguas. No importa por qué –dijo ella leyéndole los pensamientos–. Para mí es demasiado complicado como para tratar siquiera de explicarlo. Desafortunadamente, Andy decidió llegar pronto y eso cambió mis planes.

Cooper miró al niño, que parecía el doble de grande de lo que recordaba. Dormía pacíficamente, ignorando el torbellino que agitaba a su madre. Cooper deseó poder dormir así de profundamente esa noche.

–Entonces apareciste tú –continuó Katie–. Fuiste como el legendario caballero blanco que apareció de entre la nieve para arreglarlo todo esa noche, Cooper. No sé si fue por el miedo que me produjo ese nacimiento prematuro o que mis hormonas alteradas me hicieron alucinar o qué, pero...

Entonces ella se rió y ese fue el primero sonido feliz que él le había oído desde que había aparecido en su puerta. Incapaz de evitarlo, él respondió sonriendo.

–Pero el caso es que fue como si fueras mi salvador esa noche. Creo que a eso le llamaste destino. A mí no se me ocurre otra forma de explicarlo. Tenía miedo y a punto de dejarme llevar por el pánico, pero apareciste tú de entre la tormenta y me hiciste sentir que estaba a salvo. Y seguí sintiéndome así todo el tiempo que estuviste allí, como si todo fuera a ir bien. Cuando rellené esos formularios en el hospital no podía pensar bien, pero creo que es por eso por lo que dije que eras el padre de Andrew. El verdadero padre... mi... mi marido...

Katie suspiró, se llevó una mano al cabello y luego la dejó caer en su regazo. Pero no dijo nada más sobre el verdadero padre de Andy.

En vez de eso, continuó hablando.

–Tu nombre en ese papel fue como una especie de talismán, una palabra mágica que garantizaría que Andy estaba a salvo sin importar lo que pudiera suceder. Lo siento mucho, ya sé que no debía haberlo hecho. Estaba muy afectada cuando lo hice. Ya sé que fue algo imperdonable y, probablemente, bastante poco legal. No te culparía si llamaras a la policía ahora mismo –dijo mirándolo a la cara–. Pero no creo que lo vayas a hacer.

Cooper agitó la cabeza.

–No, no creo que sea necesario. Pero sigo sin comprender nada de todo esto. Todavía no comprendo por qué dijiste que yo era el padre de Andy, en vez de poner a tu marido. Eso no tiene sentido, Katie.

–Ya lo sé. Y ahora que estoy tratando de explicarlo, no estoy segura de poder hacerlo. Es sólo que... me entró el pánico en el hospital, Cooper. William y yo teníamos problemas y... Bueno, yo estaba agotada, asustada y confundida. Pero por tonto que parezca, lo hice porque me importabas. Y porque supe que a ti te importábamos el niño y yo.

–Tienes razón. Eso suena tonto.

Pero ¿lo era de verdad? Cooper tuvo que admitir que la confesión de ella de que él le importaba era en lo que más estaban enfocados sus pensamientos ahora; más que en el hecho de que lo había inscrito legalmente responsable del hijo de otro hombre.

Ella era una mujer casada, se recordó a sí mismo. Aunque hubiera abandonado a su esposo víctima del pánico, seguía llevando ese anillo que simbolizaba su unión con otro hombre. Fuera lo que fuese lo que había ido mal en ese matrimonio podía seguir yendo mal, pero podía arreglarse en cualquier momento.

Cooper no se podía permitir que le importara el que él le importara a Katie. Evidentemente, la vida de ella estaba hecha un caos en ese momento y lo había metido también a él en ese caos. Debería estar llamando a un abogado para acusarla de algo y asegurarse de que ella rectificara eso de hacerlo figurar como padre de su hijo.

Pero en vez de eso, descubrió que lo que más le apetecía hacer era abrazarla y consolarla tanto física como emocionalmente. Descubrió que deseaba decirle a Katie que se podía quedar allí todo el tiempo que quisiera para solucionar su vida. Pero sabía que eso era lo último que tenía que hacer.

–Te puedes quedar aquí todo el tiempo que quieras –se oyó decir a sí mismo–. Todo el tiempo que necesites para arreglar tu vida. Aunque tu marido vuelva... de Tahití.

La expresión de ella era seria cuando lo miró, pero esperanzada.

–¿Lo dices en serio?

Cooper asintió de mala gana.

–Pero tienes que contarme lo que está pasando, Katie. Te ayudaré en todo lo que pueda, pero no podré hacerlo como no tenga por lo menos una vaga idea de la clase de problema en que estás metida.

–Andy y yo sólo necesitamos un sitio donde quedarnos un poco de tiempo –respondió ella evasivamente–. Sólo hasta que me pueda reorganizar y pensar en lo que voy a hacer. No te estorbaremos, te lo prometo.

–Katie...

–¿Te importa si me tumbo un rato mientras él duerme? Una cabezada me vendría de maravilla. Después te contaré más cosas.

Él volvió a asentir aún de peor gana que antes. Realmente quería saber más del problema en que estaba metida ella. Pero también tenía que admitir que Katie tenía un aspecto horrible. Iba a necesitar mucho más que una cabezada antes de que pudiera parecerse a la mujer de antes.

Sin decir nada más, Kate se tumbó en el suelo al lado de su hijo, apoyó la cabeza en un brazo y el otro lo echó sobre Andrew. Cooper fue a decirle que, por lo menos podía hacerlo en el sofá, pero no lo hizo. Estaba claro que quería mantener el contacto físico con su hijo. Al parecer bien podía haberse pasado esos dos meses durmiendo en el suelo, por lo cómoda que parecía estar. Se quedó dormida inmediatamente.

Cooper agitó la cabeza y se dijo a sí mismo que era un loco. Luego se dirigió a su dormitorio y cambió las sábanas de la cama. Lo menos que podía hacer era que ella estuviera cómoda mientras se quedara allí. Y también Andy, por supuesto. Podía no saber nada de niños pequeños, pero creía que sí que sabía algo de mujeres. Y las mujeres parece que prefieren las cosas ordenadas y limpias. Realmente un poco demasiado ordenadas, que era una de las principales razones por las que siempre había rehusado mantener ataduras demasiado estrechas con ellas.

Volvió a pensar en Katie y su hijo. Ordenada era la última palabra que podría usar para describir su relación con ellos. Pero por alguna razón, atadura tampoco le parecía demasiado apropiada.

—Estás loco, Coop —se dijo a sí mismo mientras ponía toallas limpias en el cuarto de baño—. Un loco de primera.

Pero eso no hizo que cambiara de opinión.

Capítulo Cinco

Katie se despertó sin sentir miedo por primera vez en mucho tiempo, a pesar de que, al principio no recordaba muy bien dónde estaba. Andy estaba despierto a su lado. Los dos estaban en el suelo de lo que parecía ser un salón, evidentemente, era el piso de un hombre.

Cooper.

Se le apareció su rostro y la sensación de bienestar y alivio que lo acompañaba siempre la hizo sonreír. Andy y ella estaban ahora a salvo. Cooper se aseguraría de ello.

Se había pasado los últimos dos meses tratando de encontrar un lugar donde esconderse con su hijo. Después de abandonar el hospital, había vuelto con él a su antigua casa para hacer la maleta, luego había ido al banco y sacó unos cinco mil dólares de una cuenta que William había abierto a su nombre.

No tuvo remordimientos para sacar el dinero y, habría sacado más si lo hubiera habido.

Desde el banco fueron a la estación de autobuses, donde sacaron billetes para Las Vegas. Pero cuando pasaban por Colorado, Katie decidió que allí los podía encontrar William, ya que allí estaban sus amigos.

Así que se bajaron en Durango y tomaron otro autobús hacia su estado de origen, Kentucky. Pero cuando pasaban por Illinois, decidió que aquello era también demasiado evidente y, además, allí ya no conocía a casi nadie, a nadie en quien pudiera confiar.

Así que tomaron otro autobús hacia Philadelphia. Katie pensó que era una gran ciudad y conocía el sitio. Le pareció un buen sitio para perderse en la multitud. Y tal vez, a William no se le ocurriría buscarla allí, justo delante de sus narices.

Pero el dinero no le había durado mucho tiempo. Le quedaban apenas mil dólares, que llevaba en el fondo de la bolsa, junto con algunas joyas que, junto con el anillo, podía venderlas cuando se le terminara el dinero.

Pero en algún momento del viaje se dio cuenta de que tanto Andy como ella iban a necesitar algo mucho más desesperadamente que el dinero. Necesitaban ayuda, a alguien en quien poder confiar. Entonces pensó casi inmediatamente en Cooper Dugan. La verdad era que se trataba del único ser humano en quien podía confiar.

Pero precisamente por el tamaño de la ciudad, había tardado unos cuantos días en localizarlo. Nada más hacerlo, se fue directa a su apartamento.

Y allí estaba ahora, relajada por primera vez desde que la verdadera esposa de William había aparecido delante de su puerta. Pero estaba agotada y casi al final del camino. Darle de mamar y cuidar a Andy le había requerido un enorme esfuerzo físico y emocional.

Miró por la ventana y se sorprendió de que ya hubiera oscurecido. Se preguntó cuánto llevaría dormida. Se sentó en el suelo y se encontró con que Cooper estaba en la puerta, observándola.

Llevaba el uniforme de enfermero, unos pantalones gris oscuro y una bata blanca sobre una camisa también blanca con un cartel que le daba un aire de lo más profesional. Pero, como la noche en que lo conoció, no se sintió intimidada por su presencia, sino confortada.

–¿Qué hora es? –le preguntó sin hacer caso de lo rara que se sintió por volverlo a ver.

–Poco después de las nueve.

–Andy va a volver a tener hambre dentro de poco y será mejor que yo coma algo antes de darle de comer a él.

–Puedo hacerte alguna cosa. ¿Qué quieres?

Ella sonrió agradecida.

–Lo que sea.

–¿Un sándwich? ¿Vegetal? ¿De jamón y queso?

–De jamón.

–¿Mostaza o mayonesa?

–Mostaza.

Luego él desapareció y Katie se quedó pensando en lo normal que había sonado la conversación. Hacía meses que apenas hablaba con adultos y ahora que tenía la oportunidad, se ponía a hablar de un sándwich. Por alguna razón, eso la encantó.

Andy se agitó un poco y Katie se dirigió a la puerta entre la cocina y el salón, desde donde podía ver a los dos.

–Tengo que trabajar esta noche –le dijo Cooper–. No siempre trabajo por las noches, sólo a veces. Lo siento, pero esta noche no lo puedo evitar.

Ella sonrió.

–No te preocupes, Cooper. No tienes que disculparte. No esperaba que reorganizaras tu vida por Andy y por mí.

–Cualquiera lo diría –dijo él sin levantar la mirada.

La sonrisa murió en los labios de ella. Estaba claro que él no la iba a perdonar por haber dicho que era su padre. Y no podía culparlo por ello. Fue una cosa muy desagradable para hacérsela a un hombre de lo más amable y generoso.

–Te prometo que lo corregiré todo tan pronto como pueda. Haré lo que sea necesario.

Él asintió, pero no dijo nada más y se limitó a terminar el sándwich.

–No es mucho, pero es que no como en casa muy a menudo –dijo mientras le pasaba el plato –. Lo siento.

–Deja de disculparte. ¿Estás de broma? Esto es mucho mejor que la mayor parte de las cosas que he comido en estos últimos dos meses. ¿Tienes leche para acompañarlo?

Él le sirvió un vaso y luego se quedó mirándola en silencio mientras comía.

–Y ¿dónde has estado estos dos meses? –le preguntó él por fin–. Volví a buscarte a tu casa en Chestnut Hill, pero me equivoqué de casa. No pude recordar la dirección correcta. La gente que vivía en la que pensé que era tu casa no te conocía. Y la dirección en Las Vegas que diste en el hospital no era verdadera. Eso fue otra cosa más que me preocupaba de tu desaparición. Mucho...

Katie le dio un mordisco al sándwich.

–Como te dije, no tenía la cabeza muy clara el día que me marché del hospital. Les di mi última dirección en Las Vegas en vez de la de William y mía en Chestnut Hill, pero supongo que no recordé bien los números o algo así.

Ella se dio cuenta de que esa explicación era tan poco creíble como todo lo demás que le había contado, pero no se le ocurrió nada mejor, aunque se daba cuenta de que él no se lo había creído.

–Entonces, ¿dónde estabas?

–En casa –mintió ella–. Con mi... con William. Tratando de arreglar las cosas. Por un tiempo pareció como si pudiéramos hacerlo, pero ahora... No lo sé.

–Vaya, esto es curioso. Casi hubiera podido jurar que no has pasado por tu casa desde que nos separamos hace dos meses. Un hombre menos confiado que yo podría pensar que me estás mintiendo en eso.

Cuando ella no dijo nada, continuó hablando.

–Un hombre menos confiado que yo podría pensar que llevas de un lado para otro desde entonces. Francamente, Katie, no pareces una mujer que haya estado tratando de arreglar su matrimonio. Tienes un aspecto horrible.

–De acuerdo, hace tiempo que no estoy en casa. Desde que William se marchó de viaje hace unas semanas. Últimamente he estado todo el tiempo en autobuses y hoteles. Como te he dicho, he estado tratando de encontrar un lugar seguro con alguien en quien pudiera confiar. Pero no hay nadie –dijo mirándolo a los ojos–. Nadie excepto tú.

–Me gustaría que dejaras de decir eso.

–¿Por qué?

–Porque no soy un tipo en el que se pueda confiar, por eso.

–Eso es ridículo, por supuesto que tú...

–No me sobreestimes, Katie.

El tono de su voz la alarmó. Lo había dicho como si le doliera pronunciar esas palabras y, no por primera vez, se dio cuenta de lo poco que sabía de ese hombre. Bien era cierto que le había parecido un buen hombre y sí, la había rescatado. Pero rescatar a la gente era su trabajo. Realmente, ¿qué sabía ella de él como persona?

No mucho.

–Mira, si quieres que me marche...

–No –respondió él rápidamente–. No es eso. Es sólo que... no esperes mucho de mí, Katie, ¿de acuerdo?

–Pero...

–Haré lo que pueda para ayudaros, pero... no esperes demasiado.

Ella asintió.

–Ahora he de irme a trabajar –continuó él–. Os he cambiado las sábanas de mi cama, pero no tengo una cuna ni nada parecido para Andy.

–Puede dormir conmigo en la cama. O le puedo acomodar en el suelo.

De alguna manera ella pensó que Cooper se sentiría ofendido si rehusaba su cama, así que no lo hizo.

–¿Quieres que le compre algo en la tienda? ¿Comida? ¿Pañales?

Ella agitó la cabeza.

–Le estoy dando de mamar. Y me quedan pañales para un par de días. De momento estará bien. Lo estaremos los dos. Vete a trabajar.

Él asintió y se dirigió a la puerta. Katie hubiera jurado que trató deliberadamente de no rozarla cuando pasó por su lado. Pero aquello era una tontería, se dijo a sí misma. ¿Por qué iba él a hacer algo así? A no ser que la encontrara demasiado repulsiva como para tocarla.

–Volveré antes de amanecer –le dijo él por encima del hombro, sin mirarla.

Y luego se marchó. Katie se quedó mirándolo y

deseó poder sentirse mejor por el lío en que los había metido a los dos.

Todavía estaba oscuro cuando Cooper volvió a su casa. Se detuvo en la puerta de su dormitorio y miró su cama, incapaz de reconocerla. En el centro, entre la penumbra, una mujer morena estaba tumbada de lado, rodeando con un brazo a su bebé, como protegiéndolo. La noche era calurosa y ella había apartado las sábanas. El niño sólo llevaba encima el pañal y ella una camiseta que se le había subido y dejaba ver sus bragas de algodón. No se veía casi nada con esa luz, pero se lo podía imaginar.

Se lo podía imaginar muy bien.

Ninguna mujer había dormido antes en su cama. Nunca. Algunas habían hecho el amor con él allí, pero nunca habían dormido. Siempre le había parecido algo demasiado íntimo. Dormir con alguien le parecía que requería un nivel de confianza que él no estaba dispuesto a dar hasta ese momento. O quizás era incapaz de darla. Y aún así, le había ofrecido su cama a Katie sin pensárselo dos veces, como si fuera lo más natural del mundo, como si fuera realmente donde ella perteneciera. Tanto ella como su hijo. ¿En qué se había metido?

Desde que apareció por la puerta había querido tocarla, abrazarla y no dejarla marchar nunca más. Lo que no sabía era por qué. Katie no era ni más guapa, ni más atractiva, divertida o lo que fuera que cualquier otra mujer que conociera. Y además estaba casada con otro y tenía un hijo. Estaba en problemas. Era todo lo que él evitaba en una mujer. Pero nada de eso evitaba que la deseara. De mala manera.

A pesar de todo lo que ella le había dicho al principio de su marido, cuando desapareció él pensó que había vuelto con él. Pero ahora no sabía qué pensar. ¿Por qué necesitaba un lugar donde quedarse? ¿de qué estaba huyendo? ¿Por qué tenía problemas? Y, sobre todo, ¿por qué había vuelto a él en vez de acudir a su marido en busca de ayuda? No comprendía nada y estaba seguro de estar haciendo el tonto dejando que esa mujer le afectara de aquella manera.

Se apartó de la puerta y la cerró con cuidado. Lo sorprendente de todo eso era que Katie confiara en él, no sólo por ella, sino por el bienestar de su hijo. Cuando le dijo que no lo sobreestimara, lo había dicho en serio, lo mismo que cuando le dijo también que no era de fiar.

Su vida había sido tan caótica como la de ella. Lo que pasaba era que se le daba un poco mejor organizar ese caos. Y, por supuesto, llevaba mucho más tiempo haciéndolo que ella. Desde los quince años. Suponía que, en su momento, Katie se acostumbraría a estar sola y a manejar sus problemas. Sólo necesitaba un poco de práctica.

O eso o volverse a casa con su marido, pensó. Un marido que se lo arreglaría todo, que la amara lo suficiente como para que nunca más volviera a tener problemas. A no ser, por supuesto, que ese marido fuera el origen de todo aquel lío, una posibilidad que él no podía ignorar, porque era la única que tenía sentido.

Una oleada de esperanza empezó a acomodarse en su corazón, pero la apartó inmediatamente. A pesar de todo, Katie Brennan era una mujer casada, aunque su matrimonio no fuera ideal, seguía existiendo. Cooper no se consideraba precisamente un tipo muy moral, pero no estaba dispuesto a ir a por la esposa de otro.

Odiaba trabajar por las noches, pensó. Siempre hacía que al día siguiente se sintiera fatal, pensó mientras se quitaba la camisa. Estaba ya a punto de bajarse los pantalones cuando oyó un ruido tras él. Se dio la vuelta y se encontró con Katie iluminada por la lámpara que había encendido para desnudarse.

La camiseta le tapaba ahora hasta la mitad de los muslos, pero eso no le importó a Cooper, porque tenía al descubierto todo el resto del cuerpo, brazos, piernas, el rostro, los ojos... y el ansia con que lo estaba mirando.

–¿Cooper? –dijo mientras se frotaba los ojos soñolientos.

O tal vez estaba tratando de esconderlos, pensó él.

Entonces sintió que una parte de él entraba en actividad. Una parte que no tenía nada que ver con todo aquello.

–Te has despertado pronto.

Ella bajó los brazos y los cruzó. Ese gesto hizo que se le elevaran los senos, cosa que consiguió poner más nervioso todavía a Cooper.

–Te oí entrar.

–¿Andy?

–Sigue durmiendo. Está de lo más cómodo.

Cooper dudó por un momento, sintiéndose incómodo. Le resultaba imposible apartar la mirada de ella. Tenía un aspecto cálido, suave e incitador. Acababa de salir de su cama.

Y estaba casada con otro, se recordó a sí mismo.

–¿Y tú? –le preguntó–. ¿Estás bien también?

Ella asintió.

–Ha sido el sueño más profundo que he tenido desde hace tiempo. Lo necesitaba mucho. ¿Cómo te ha ido el trabajo?

Mientras hablaban se habían dirigido a la cocina. Con esa luz a él le pareció que tenía menos ojeras y que algo de color le había vuelto a las mejillas. Parecía mucho más descansada que cuando había aparecido...

Y bajo la fina tela de la camiseta él pudo ver señalarse dos perfectos senos, llenos, pesados y culminados por unos círculos más oscuros y redondos.

Cerró los ojos, contó hasta diez y esperó con todas sus ganas que ella no se diera cuenta de como estaba.

–¿Cooper?

–¿Qué?

–¿Cómo te ha ido el trabajo?

–Bien.

–¿Estás tú bien?

–Sí.

–No lo pareces.

–Lo estoy.

–Pero...

–Lo estoy.

–Bueno...

Cuando él abrió los ojos descubrió para su desesperación que Katie estaba mucho más cerca de él que antes. Y en esa cocina tan pequeña, cerca era muy cerca.

Nervioso, Cooper abrió un bote de café y el contenido se desparramó por el suelo.

–Maldita sea –murmuró y se dispuso a recogerlo.

Katie se agachó también para ayudarlo, tan nerviosamente como él. Su posición le proporcionó a Cooper una magnífica perspectiva de lo que se veía por el escote de su camiseta, aunque él no quisiera mirar. Pero no lo pudo evitar. Cuando ella se arrodilló delante de él, él levantó al momento la mirada, pero la volvió a bajar como atraído por un imán. Recordó vagamente haber oído o leído en alguna parte sobre las transformaciones de los senos de las embarazadas después de dar a luz. Pero no tenía ni idea de que pudieran ser tan...

Fue incapaz de completar ese pensamiento porque entonces Katie levantó la mirada y lo pilló mirándola fijamente. Sus ojos se encontraron por un momento. Estaba muy ruborizada, con las pupilas muy dilatadas y los labios entreabiertos. Respiraba agitadamente. Parecía una mujer al borde del clímax. A Cooper le costó un esfuerzo monumental contenerse, no abrazarla y no hacer que aquello fuera realidad.

Mientras lo miraba, Katie se dio cuenta de que no era la primera vez que pensaba que había cometido un error yendo allí en busca de ayuda. La primera vez fue nada más verlo cuando le abrió la puerta. Durante esos dos meses no había parado de pensar en él, pero cuando lo vio pensó que era incluso más atractivo de lo que recordaba. Desde ese momento, no había parado de llamarse idiota por haber pensado alguna vez que esa situación pudiera funcionar.

Pero ahora ya era demasiado tarde como para hacer algo al respecto y pensó que casi se había enamorado del recuerdo de él.

De rodillas en el suelo de la cocina, observando la reacción de Cooper a su semidesnudez, se dio cuenta horrorizada de que lo único que quería era quitarse la camiseta. Él también estaba semidesnudo, un hecho que le resultaba imposible de pasar por alto, así que, ¿por qué no lo hacía? En un momento estarían los dos haciendo el amor como locos allí mismo, en el suelo de la cocina. Cerró los ojos e, instantáneamente, se le pasó por la cabeza una imagen de lo más realista de lo que podía ser estar debajo de Cooper mientras él se introducía profundamente en ella, una y otra vez.

Inmediatamente abrió mucho los ojos y la alivió ver que él se había levantado. Pero ese alivio se evaporó cuando se percató de que seguía de rodillas delante de él, muy cerca, lo que hacía que tuviera fija la vista en una parte de su cuerpo que no debería mirar con tanta atención. Por lo que veía, comprendió entonces que él también debía haber pensado algo parecido a lo que acababa de ocurrírsele a ella. Era un hombre alto, fuerte, de hombros anchos. No debería sorprenderle que también tuviera...

Oh, cielos, pensó.

Se levantó lentamente y dejó lo que había recogido en la bolsa de la basura antes de darse la vuelta. Estaba a punto de salir de allí cuando unos fuertes dedos agarrándole la muñeca la detuvieron. Sin mirar atrás, trató de soltarse, pero él se la apretó más aún y tiró de ella.

Pero en vez de abrazarla y besarla, algo que ambos deseaban y temían al mismo tiempo, Cooper se limitó a hacerla que se acercara. Bajó la cabeza y le rozó la mejilla con la suya, una vez, dos, tres, hasta que Katie notó que le fallaban las rodillas. Entonces fue cuando él la abrazó e hizo que apoyara la cabeza en su hombro con toda suavidad. Luego la besó levemente en el cuello y los hombros. Una caricia tan cálida y cariñosa como el roce de su aliento contra la piel. Katie casi gimió entonces.

Luego, tan rápidamente como la había abrazado, Cooper la apartó.

–Lo único que me contiene de tomarte aquí mismo, en el suelo, es que estás casada –le dijo secamente–. Y, mientras sigas viviendo bajo el mismo techo que yo, Katie, vas a tener que ocuparte tú de recordarme eso, porque...

Tomó aire profundamente y luego lo soltó con un suspiro. Luego, de mala gana, la soltó del todo y bajó los brazos.

–Porque ¿qué? –lo animó ella suavemente.

Él se llevó una mano a la cara y pasó a su lado para salir de la cocina. Pero se detuvo en la puerta y agarró el picaporte con toda su fuerza.

–Porque temo que, mientras estés viviendo bajo mi mismo techo, el que estés casada va a ser algo que me va a costar trabajo mantener presente todo el tiempo. He hecho cosas muy variadas en lo que se refiere a las chicas, pero nunca he tenido nada que ver con la esposa de otro hombre –añadió él mirándola a los ojos–. Por lo menos, todavía no.

Luego salió por la puerta y entró en el salón. A Katie le costó una enormidad no decirle que ella no estaba casada en absoluto con su supuesto marido.

59

Capítulo Seis

Cuando Cooper se despertó oyó a una mujer cantando. No reconoció la canción y permaneció con los ojos cerrados un momento para escuchar mejor.

Era una canción de amor, como todas, melancólica, y la mujer cantaba con bastante sinceridad en la voz.

Abrió los ojos y entonces recordó que su vida había cambiado bastante en las últimas veinticuatro horas. Vio que la puerta del dormitorio estaba abierta y que Katie estaba sentada en el borde de su cama, acunando a Andy en brazos. De alguna manera, el sonido de su voz lo relajó también a él.

Entonces pensó en lo tranquilo que estaba su apartamento. Tenía un equipo de música, un aparato de televisión, todos los trastos ruidosos que suelen tener los hombres, sobre todo los solteros. Y, casi siempre se suelen tener encendidos. Pero la verdad era que él solía pasar muy poco tiempo en su hogar.

Su hogar, pensó. Bueno, sí. Esa palabra no tenía significado para él. Un hogar era una vaga ilusión que mantenían viva algunos políticos, sobre todo conservadores y otras organizaciones que no podían afrontar el hecho de que el famoso Sueño Americano había resultado ser una pesadilla.

¿Ningún sitio como el hogar? Que va. A él le parecía que ningún sitio era su hogar.

Cuando era un muchacho de apenas quince años se había escapado de su hogar. Como si el edificio en que había vivido con sus padres y su hermana fuera un hogar... En vez de pensar que se había escapado de su hogar, Cooper prefería pensar que se había escapado de milagro de las palizas de su padre. Había sido un acto de supervivencia, no de rebelión, como habían dicho los asistentes sociales. Si no se hubiera escapado, seguramente que su padre habría terminado matándolo algún día.

Así que, por una vez en su vida, Cooper dio el primer golpe y le había roto la nariz a su padre. La expresión del viejo lo aterrorizó. Así que salió corriendo de la casa. Huyó para salvar la vida. Y nunca más volvió.

Después de eso no volvió a ver a su familia. Vivió en una serie de hogares adoptivos cuando era bueno o en la calle y los reformatorios cuando era malo. En algún punto del camino se dio cuenta de que la vida se le estaba escapando un poco de las manos, que estaba empezando a no controlarla. Así que habló con una amiga de la calle, la única que tenía, y que había estudiado enfermería para ser algo en la vida.

Zoey lo ayudó a encontrar su camino como enfermero y a él le gustó lo que hacía.

Después se empezó a sentir como si estuviera a medio camino de ser un tipo decente al fin y al cabo. Últimamente había llegado incluso a descubrir algo tenue en su interior a lo que se podía agarrar cuando tenía problemas.

Pero ahora no lo encontraba.

Y eso era porque a menos de cuatro metros tenía a Katie Brennan cantándole a su hijo una canción de amor y Cooper lo único que deseaba en ese momento era ser ese hombre al que se refería la canción, pero sabiendo también que nunca lo sería.

Katie dejó luego a su hijo durmiente en medio de la cama y lo acomodó bien con las almohadas. Luego salió de puntillas de la habitación, dejando la puerta entornada. En silencio, se acercó a Cooper.

Entonces él se sentó en el sofá y se frotó los ojos. Por la noche se había quitado el uniforme de enfermero y se había puesto una camiseta y unos vaqueros viejos. Se dio cuenta de que Katie, por suerte, también se había cambiado, llevaba ahora unos pantalones anchos y una especie de túnica color marfil. A él le pareció muy bien que esas ropas no revelaran sus formas, porque no se podía quitar de la cabeza lo que había visto esa mañana en la cocina.

—Ha estado muy bien —dijo cuando ella se sentó a su lado.

—¿Qué?

—Esa canción. La forma en que la has cantado. Tienes una bonita voz.

Ella sonrió tímidamente y bajó la mirada.

—Gracias. Pero no es nada difícil hacer que una canción de Gershwin suene bien.

—Pero sigues teniendo una bonita voz.

—Gracias.

—¿Le gusta Gershwin a Andy?

Ella sonrió y asintió.

—Parece que funciona cuando trato de que se duerma. Aunque también parece que le gusta Cat Stevens.

Cooper se rió.

—Parece que se le va a dar bien la música.

Katie se rió también como una tonta.

—Algún día empezaré a introducirlo a la música

clásica y el jazz, pero primero voy a tener que encontrar una casa donde instalar el equipo de música. Canturrear a Mozart y a Coltrane no es lo mismo que oír el original.

Luego se quedaron un momento mirándose, hasta que Cooper le preguntó:

–¿Qué hora es?

–Las once y media.

Él asintió. Cinco horas no era dormir demasiado, pero servirían.

–Hay café hecho –dijo ella–. ¿Quieres una taza?

–Por favor. Solo.

Ella se levantó de un salto, ansiosamente y se metió en la cocina. Esa forma de moverse le indicó a Cooper que ella no estaba más cómoda que él mismo con lo que había sucedido esa mañana. Probablemente sería mejor para los dos que lo olvidaran todo. Pero lo curioso era que él no tenía la menor gana de hacerlo.

Katie volvió con una taza de café y él la aceptó. Después de darle unos tragos se sintió lo suficientemente despierto como para decir palabras de más de una sílaba. Pero a pesar de ello, lo primero que le salió fue:

–Todavía hemos de tener esa charla.

Ella asintió.

–De acuerdo.

Cooper esperó a que Katie continuara y, cuando no lo hizo, se preguntó si sería él quien tuviera que empezar. Pero como pensaba que era ella la que tenía que explicarse, y no él, espero un poco más.

–¿Y bien? –dijo por fin.

Ella se humedeció los labios y se frotó los muslos con las manos, nerviosamente, lo que le recordó a Cooper como eran esos muslos...

Se obligó a recordar que estaba casada.

Maldiciendo su conciencia y escrúpulos, le dijo:

—Estoy esperando.

—Ya lo sé. Te debo una explicación. Y, realmente, tú te mereces una, de verdad.

—Y ¿dónde está?

—Bueno, es un poco complicado...

—Tómate el tiempo que necesites. No tengo ningún plan para hoy.

Pero aún así, ella continuó con sus muestras de nerviosismo y él con sus pensamientos libidinosos, seguidos siempre por el recordatorio de que estaba casada.

Por fin, al cabo de una eternidad, ella empezó.

—Es... es mi marido...

Eso, pensó Cooper, su marido. Estaba casada. No tenía que olvidarlo.

—Yo... hum... supongo que se podría decir que... Bueno, supongo que ya te lo habrás imaginado...

—¿Qué me tengo que haber imaginado?

—Yo, hum, se podría decir que me he escapado de casa.

Esa elección de palabras hizo que él diera un respingo en el sofá y la mirara con los párpados entornados.

—¿Que te has escapado de casa?

Ella asintió sin mirarlo.

—Es una larga historia.

—Como ya te he dicho, tengo todo el día.

Ella se llevó una mano a los ojos.

—Ya me gustaría que eso fuera tiempo suficiente.

—¿Qué quieres decir?

Katie bajó de nuevo la mano y la dejó en su regazo. Luego agitó la cabeza.

—Nada. Mira, no creo que te des por satisfecho si

64

te digo que estoy teniendo algunos problemas en mi matrimonio y que necesito un sitio donde quedarme mientras los soluciono, ¿verdad?

–No. No es bastante. Me prometiste una explicación a tus actos, no una descripción de tu situación. Creo que tengo derecho a saber por qué me has colocado un hijo sin que yo lo supiera siquiera, un hijo que no quiero, un hijo que no he hecho. Eso por no hablar de que me has expuesto a las iras de tu marido si llega a creerse que tú y yo hemos estado acostándonos.

Katie siguió mirando al suelo y dijo:

–Dije que tú eras el padre de Andy porque quería que tuviera alguna posibilidad de tener una vida feliz. Porque no quiero que mi... que William le ponga las manos encima a mi hijo.

–Bueno, yo diría que la custodia de Andy es algo que tendrías que arreglar con tu marido. O te consigues un buen abogado.

–No puedo pagarlo.

Cooper miró el anillo que ella llevaba en el dedo. Dudaba muy seriamente que Katie no se pudiera pagar algo. Pero de todas formas, le dijo:

–Están los de oficio para los que no los pueden pagar. Pueden...

–Para esto necesito un buen abogado –le interrumpió ella–. Uno de oficio no podría hacerlo.

–Entonces, deshazte del pedrusco que llevas en el dedo y consigue uno bueno.

Katie levantó la mano y miró el anillo que William le había regalado el día en que se casaron en Las Vegas. Era muy bonito, mucho más vistoso que el que había elegido ella. No tenía ni idea del valor de esa cosa. Seguramente varios miles de dólares.

–No sería suficiente –dijo suavemente–. Para mí,

no hay suficiente dinero en el mundo para mantener apartado a ese cerdo.

Cuando miró a Cooper vio que él la estaba observando con los párpados entornados y no tuvo forma de saber lo que estaba pensando. Sin duda la veía sólo como la esposa de un millonario, caprichosa y superficial, que se había escapado porque su marido no la apreciaba o porque la depresión posparto le había afectado mucho al cerebro.

Realmente quiso contarle la verdad. Quiso darle la explicación que se merecía. Pero supo que él no la iba a creer. ¿Por qué iba a hacerlo, cuando ella misma apenas se lo podía creer?

—¿Nos echarás a la calle a Andy y a mí si me desdigo de mis palabras?

—¿Qué?

—Si me niego a darte esa explicación que te prometí, ¿nos echarás a la calle a Andy y a mí?

—Por supuesto que no, pero...

—Entonces, me desdigo de mis palabras.

—Katie...

—Dame una semana de tiempo, Cooper. Luego nos marcharemos. Veré que corrijan lo de ese certificado de nacimiento. Luego nunca más volverás a saber de mí.

—Pero..

—Una semana. Eso es todo lo que te pido.

Él suspiró pesadamente, pero no dejó de mirarla.

—¿Cómo sé que ese marido tuyo no me va a buscar problemas en el futuro?

—Porque me voy a asegurar muy bien de que no me encuentre en la vida.

—¿Cómo sé que te marcharás dentro de una semana? ¿Qué te impide empezar de nuevo con esto cuando termine y que me digas que necesitas otra?

Estaba muy claro que él quería de verdad librarse de ella, pensó Katie. Y era lógico, después del lío en que le había metido, pensó inmediatamente.

–Tienes mi palabra– le dijo ella suavemente.

–¡Oh, muchas gracias! –exclamó él sarcásticamente–. Estoy seguro de que tu palabra es tan buena como el oro.

Ella bajó la mirada al anillo que tenía en el dedo.

–Sí, Cooper, lo es. En eso tienes que confiar en mí.

Cooper le dio la semana que le había pedido, pero se arrepintió de esa decisión a los pocos días. No sólo estaba durmiendo en el sofá y levantándose con la espalda destrozada por las mañanas, sino que, demasiado a menudo, se despertaba temprano y oía a Katie cantándole a su hijo mientras le daba de comer. La canción era siempre dulce y cariñosa, con esa voz que le llega en la oscuridad y casi dormido, cuando era más vulnerable.

Cada mañana, ella le hacía el desayuno antes de que se fuera a trabajar, y cada noche la cena lo estaba esperando cuando volvía a casa. La razón que le dio es que siempre le había gustado cocinar y últimamente, no había tenido posibilidad de hacerlo muy a menudo. También le dijo que era lo menos que podía hacer para agradecerle su hospitalidad.

Pero la hospitalidad era en lo último que se le pasaba por la cabeza cuando pensaba en Katie,

Y lo que más le preocupaba de todo era lo que pasaba después de cenar, ya que ella extendía la manta de Andy en medio del salón, donde se sentaban y Katie le ponía encima a su hijo. Luego se reía de las gracias del niño, lo levantaba de repente para que él le diera besos en las mejillas, a lo que Andy respondía sonriendo y haciendo ruidos diversos.

E, inevitablemente, por alguna extraña razón que él no podía explicar, Cooper se descubría respondiendo a esa escena y se ponía a jugar con el niño mientras trataba de ignorar las cálidas sensaciones que le producía tener en su casa a Katie y Andy y no paraba de recordarse a sí mismo que aquello era algo temporal y que Katie pertenecía a otro hombre, que tenía otra vida.

Y, aunque las cosas no se arreglaran entre ella y su marido, cosa que dudaba, Cooper no paraba de pensar en que ella no era la clase de mujer que le convenía. Ella necesitaba un hombre que la apoyara, que le diera cariño y que hiciera que nunca le faltara nada. Ella estaba acostumbrada a una clase de vida que él nunca podría darle. No era un hombre para Katie.

Ni para Andy, se dijo a sí mismo una de esas noches, cuando ya llevaban cuatro días en su piso. Entonces no se sentía más cómodo con ellos que el primer día. Bueno, aquello no era tampoco correcto, ya que sí se sentía cómodo con ellos, con lo que no se sentía igual era con los sentimientos que despertaban en él.

Entre los dos evocaban imágenes en su cerebro que eran completamente extrañas para él. Katie y Andy eran una familia prefabricada. Eran amor, felicidad. En otras palabras, eran una aberración. Y él no tenía que pensar que podía encajar en sus vidas. No era de los que se casan. Y estaba completamente seguro de que no era tampoco de los que sirven para padre.

Esos sentimientos estaba seguro de que desaparecerían en cuanto Katie y Andy se marcharan. Tal vez antes. Aquello era sólo algo nuevo en su habitualmente aburrida vida. Katie y Andy eran una bonita diversión, pero algo pasajero.

Pero esa noche Cooper no estaba pensando en esas cosas, sólo estaba disfrutando de su presencia. Apoyó los codos en el suelo y la cabeza en las manos mientras observaba los movimientos de Andy con uno de los juguetes. Cuando logró alcanzarlo, inexplicablemente Cooper sintió un destello de orgullo y se rió.

–¡Muy bien, Andy! –dijo–. Adelante.

Katie se rió también y le dio unas palmaditas en la espalda al niño.

–Está más adelantado que muchos niños de su edad en lo que se refiere a motricidad –dijo ella orgullosamente–. Algún día se le darán muy bien las manualidades.

Cooper asintió.

–Tal vez sea un artista cuando crezca.

–Puede. Pero yo creo más bien que se encargará de eliminar el hambre en el mundo, de curar todas las enfermedades conocidas y de traer la paz a todo el planeta. Eso además de hacer realidad la colonización del espacio.

–Sí, pero seguro que, en sus ratos libres, pintará.

Katie sonrió.

–Ese es mi chico.

Ella también estaba tumbada en el suelo, perpendicular a Cooper, pero con la cabeza muy cerca de la de él.

–¿Tú siempre has querido ser enfermero? –le preguntó de repente.

Cooper arqueó las cejas, sorprendido, y la miró.

–Cielos, ¿de dónde ha salido eso?

Ella se encogió de hombros.

–No lo sé. Sólo me lo preguntaba. Es sólo que se trata de un trabajo poco habitual. Sólo era por curiosidad. No tienes que decírmelo si no quieres.

–No, no es eso.

–Entonces, ¿que?

–Es sólo...

Esa pregunta era perfectamente inocente, se dijo a sí mismo, y se la habían hecho sin segundas intenciones. Entonces, ¿por que no le gustaba la idea de responderla?

Volvió a mirar al niño y, sin pensar siquiera en lo que estaba haciendo, extendió la mano y Andy le agarró un dedo. Luego, con alguna dificultad, volvió la cabeza hacia él y apretó ese nuevo juguete con mucha fuerza. Tanta que a Cooper le sorprendió.

–No, no siempre he querido ser enfermero –dijo por fin, pero no añadió más.

–Cuando eras niño, ¿qué querías ser cuando fueras mayor?

Estaba claro que ella no iba a dejar el tema.

–Cuando era niño sólo quería sobrevivir el tiempo suficiente como para llegar a ser adulto.

Ahora fue el turno de Katie para sorprenderse.

–¿Qué?

Cooper suspiró resignadamente.

–Durante un tiempo, cuando era realmente joven, quería ser mago. Quise poder desaparecer a voluntad. Luego pasé por una fase en la que quise ser camionero para poder viajar por todo el país y no tener que volver nunca a casa.

Volvió a suspirar y se encogió un poco de hombros, sin saber muy bien por qué le estaba contando eso a Katie, cuando era algo en lo que ni siquiera pensaba habitualmente.

–Luego –continuó–. Decidí que quería ser boxeador.

–¿Por qué boxeador?

–Porque una vez quise partirle la boca a mi viejo, antes de que él me la partiera a mí.

Entonces algo se oscureció en la expresión de ella, pero Cooper no supo por qué.

–¿Tu padre te pegaba? –dijo ella en voz tan baja que él apenas la oyó.

–Sí.

Entonces se esperó que ella se enfadara, que expresara su indignación por aquello y le preguntara si seguía acomplejado o algo sí por aquello. Se esperó todo lo habitual en esos casos.

Pero en vez de eso, se limitó a decirle:

–No puedo comprender a la gente que les hace eso a sus hijos. Incluso antes de ser madre, me resultaba incomprensible esa clase de cosas. Y ahora, lo encuentro más difícil de entender todavía. ¿Quién puede querer hacerle daño a un niño? ¿Por qué pegarle a alguien que es mucho más débil e indefenso? ¿Como puede alguien vivir consigo mismo después de hacer algo así?

Buena pregunta, pensó él. Pero él era capaz de darle algunas respuestas.

–Siento que tu padre fuera así –añadió ella–. Eres demasiado buena persona como para haber tenido que pasar por algo así. Me alegro de que no hayas salido a él.

Cooper dudó sólo un momento antes de decirle:

–¿Quién dice que no haya salido a él?

La expresión de los ojos de ella reflejó su incredulidad cuando sus miradas se encontraron.

–Estás bromeando, ¿no?

Él agitó la cabeza.

–No.

Ella se rió nerviosamente.

–¿Cómo puedes decir eso? Cooper, tú eres el hombre más amable y cariñoso que he conocido en mi vida. El ser humano más decente con que me he encontrado nunca.

Él se rió con ganas.

–Eso. Cariñoso y amable. Sí.

–Es cierto. ¿Cuántos otros andarían por ahí en medio de tormentas de nieve para ayudar a los demás por ninguna otra razón más que estar en posición de hacerlo? ¿Cuántos otros aceptarían en su casa a una mujer aterrorizada y a su hijo sin pensárselo dos veces, aún sin recibir de ella una explicación decente de por qué necesitan un sitio donde quedarse? Eso es lo que hacen las buenas personas, Cooper. Y tú eres una de ellas.

Él se volvió a reír, pero logró controlarse.

–Bueno, Katie, si es eso lo que quieres creer de mí, tienes derecho a tener tu opinión. O tus fantasías, que sería más apropiado en este caso.

–Cooper...

Antes de que ella pudiera añadir nada más, Cooper se retiró hacia la cocina. Maldijo lo pequeño que era su apartamento, aunque generalmente le gustaba que tuviera ese tamaño. Luego se puso a buscar algo en los cajones del aparador, como si supiera realmente lo que buscaba.

Vivir en tan poco sitio hacía que la gente dijera e hiciera las cosas más raras.

Capítulo Siete

Katie se estaba volviendo loca. No había salido del apartamento de Cooper desde hacía cinco días y, si no le daba pronto un poco de aire fresco, iba a terminar de volverse loca del todo.

Echaba de menos el simple acto de andar descalza sobre la hierba, almorzar fuera, bajo el toldo de algún pequeño café. Echaba de menos oír las voces de otras personas, ir al cine...

Y, sobre todo, echaba de menos que la tocara alguien más que un niño.

Además, ese apartamento era muy aburrido, una decoración muy simple y nada de libros ni revistas. Nada de recuerdos de viajes ni fotos.

¿Cómo podía él vivir en semejante sitio? Era como la habitación de un hotel. Uno se podía ir de allí con sólo una maleta y no echar nada de menos.

Tal vez fuera por eso. Tal vez él no poseyera nada o guardara nada porque no quería sentirse demasiado atado a nada.

O tal vez no fuera capaz de hacerlo.

No supo por qué ese pensamiento la alteró tanto. La verdad era que ella ya tenía suficientes problemas en su vida como para andar preocupándose por los de los demás. Cuando arreglara los suyos ya vería lo que hacía con los de los otros.

—Andy, muchacho, ¿qué te parece si nos vamos a dar una vuelta? —le preguntó al niño.

Andy pataleó un poco y ella se tomó eso por una afirmación.

Se miró al espejo y decidió que estaba bien y, además, no se parecía demasiado a la mujer que William había visto hacía más de nueve semanas. Y, además ¿por qué la iba a buscar por ese barrio? No lo conocía ni ella misma, así que, razón de más para ir a explorarlo un poco.

Metió todo lo necesario en su bolsa habitual, colocó al niño en la mochila y se la echó a la espalda. Luego se aseguró de que tenía dinero suficiente para el autobús y el almuerzo y se dirigió a la puerta.

Dudó un momento antes de salir. No sabía por qué, pero después de haber estado tan cerca de Cooper últimamente le resultaba divertido ir a alguna parte sola. Pero no estaba sola, pensó mirando hacia atrás. Aunque, por muy guapo que fuera su hijo, no sería de mucha ayuda si tenía problemas.

Eso era una tontería, pensó. Estaba completamente a salvo. La verdad era que tenía muchos más problemas permaneciendo en esa casa con Cooper que en cualquier otra parte. La forma en que la hacía sentirse... Las cosas que deseaba hacer con él... Los sueños que estaba teniendo por las noches...

Una noche de ésas, incluso había salido del dormitorio y se había acercado al sofá para verlo dormir. No supo lo que la había hecho hacer algo así, pero se había despertado en medio de un sueño en el que él era el protagonista, pero que no recordaba demasiado claramente cuando despertó y, por alguna razón, no había podido evitar ir a verlo.

Él estaba tumbado de espaldas, desnudo hasta la cintura y respiraba profundamente y ella se quedó fascinada por el vello rubio que cubría su pecho. Tanto que fue a tocárselo, pero debió hacer algún ruido porque él se agitó de repente y se puso de lado. Un mechón de cabello rubio le cayó entonces sobre los ojos y, antes de darse cuenta de lo que estaba haciendo, Katie se lo colocó en su sitio. Cooper suspiró en sueños y murmuró algo que ella no comprendió. En lo único que podía pensar era en lo mucho que deseaba tumbarse a su lado.

–Definitivamente tienes que salir un rato de aquí –se dijo a sí misma–. Porque está claro que estás perdiendo la cabeza.

Sin pensárselo dos veces, salió de la casa y cerró la puerta. Sólo entonces se le ocurrió que no tenía llave. Sabía que Cooper volvería a casa del trabajo a las cuatro y media y ahora eran las dos. En la bolsa llevaba dos pañales, dos botellas de agua y Andy acaba de almorzar. Estarían bien durante ese tiempo.

Sin preocuparse por más, se dirigió tan contenta a la parada del autobús, lista para una aventura y feliz de estar viva.

Cuando Cooper abrió la puerta lo que le sorprendió fue el silencio. Normalmente, cuando volvía a casa, Katie tenía puesto el equipo de música o estaba cantando y bailando.

Pero ahora el apartamento estaba en silencio, como antes de que Andy y Katie aparecieran de nuevo en su vida.

–¿Katie?

Cuando no recibió respuesta notó una sensación extraña.

–¿Katie? –repitió, pero tampoco obtuvo respuesta.

Se dirigió a su dormitorio. Allí estaba la bolsa de

viaje de Katie y la manta de Andy. Sólo cuando vio que ella no había hecho la maleta y lo había abandonado se dio cuenta de que el pulso se le había acelerado notablemente. Cerró los ojos y respiró profundamente algunas veces para tranquilizarse

Y se dijo a sí mismo que no tenía que dejarse llevar por el pánico.

Evidentemente, no parecía que nadie hubiera forzado la puerta y no había ninguna señal de que Katie hubiera sido coaccionada a irse. Pero ¿a dónde podía haberse ido?

Sin dejar de preguntarse eso, empezó a desnudarse y puso la radio.

Ya se había quitado la camisa y se había puesto los vaqueros cuando sonó el timbre de la puerta. Sin molestarse en abrocharse el botón superior, la abrió.

Katie estaba afuera, llevando a Andy en una mochila. Detrás de ella estaba un hombre grande y sudoroso que llevaba una mecedora sobre la cabeza.

–¡Hola, Cooper! –dijo ella entusiásticamente en cuanto lo vio–. Lo siento, pero me olvidé de que no tengo llave y no me di cuenta hasta que no estuve fuera.

Entonces ella entró abriendo camino a su enorme compañero y le dijo:

–Puedes ponerla en el salón, Conrad.

–¿Conrad? –preguntó Cooper atontado.

El hombre entró y dejó la mecedora donde le había indicado Katie. Luego le ofreció la mano a Cooper.

–Conrad Di Stefano, antigüedades finas –dijo sonriendo.

Cooper aceptó la mano y, antes de que pudiera decir nada, Katie le dijo:

–¿No es maravillosa? La encontré en Pennsauken Mart. ¿Conoces ese sitio? Es increíble. Andy y yo nos hemos pasado dos horas allí y no lo hemos visto todo. Conrad es uno de los vendedores. Tiene una magnífica tiendecita de antigüedades y yo me enamoré de esta mecedora. Es casi igual a una que tenía mi abuela cuando yo era niña. Me la ha dado por una canción.

–Y ¿cuánto es eso? –preguntó Cooper.

Ella pareció extrañada y luego sonrió.

–No, quiero decir que, de verdad, me la ha dado por una canción. Literalmente.

–Polvo de Estrellas –dijo Conrad–. Siempre ha sido una de mis favoritas. La bailé con mi Ginny el día de nuestra boda, hace cuarenta y seis años. Katie la cantó muy bien.

–¿No es una dulzura? –dijo ella.

–Por supuesto –añadió Conrad–, cuando me dijo que no tenía una mecedora para ese hijo suyo, bueno... yo pensé que era un crimen. Ginny y yo hemos acunado en nuestra mecedora a cada uno de nuestros seis hijos.

–¿Seis? –preguntó Cooper incrédulamente.

Conrad asintió y dio un puñetazo en el aire.

–Eso es. Todos son ingenieros ahora. Por supuesto, estaría bien que no se tomaran tan en serio su trabajo todo el tiempo, me gustaría tener cerca a un par de nietos. Pero supongo que tengo que respetar su forma de vida. Por lo menos Mickey y su Laura están hablando de ello ahora, así que, tal vez para navidades tengamos alguna noticia. ¿Quién sabe?

El surrealismo del momento estaba dominando a Cooper y lo único que pudo hacer fue murmurar:

–Um... debe... debe estar muy orgulloso.

–Eso es. Lisa es ingeniero aeronáutico, Benny ingeniero mecánico. Pauli de obras públicas y Mindy, la pequeña es...

–Um, no se ofenda, señor Di Stefano, pero...

–Llámame Conrad, por favor.

–No te ofendas, Conrad, pero Katie y yo deberíamos...

–No me digas más –dijo Conrad levantando una mano–, de todas formas yo he de volver ya a la tienda. Gracias, Katie.

–Oh, no Conrad, gracias a ti –dijo ella–. A ti y a Ginny. Asegúrate de que se cuida esa pierna, ¿de acuerdo?

–Lo haré. Trae pronto otra vez a la tienda a ese hijo tuyo, ¿quieres?

Cuando estuvieron solos Cooper la miró fijamente por un momento y ella le devolvió la mirada.

–Bueno, ¿qué? –le preguntó ella por fin.

–¿A qué ha venido todo esto?

–¿A qué te refieres?

–A cómo has pasado la tarde.

–Me fui de compras.

–Te fuiste de compras...

Ella asintió.

–Sí. ¿por qué? ¿Qué tiene de malo?

¿Que qué tenía de malo? Tenía de malo que él había vuelto a casa del trabajo y se había quedado aterrorizado cuando vio que se había marchado. Tenía de malo que cuando estaba empezando a pensar que algo terrible le había sucedido a ella y a Andy, había aparecido por la puerta con su nuevo amigo como si no pasara nada.

Y tenía de malo que había llevado un mueble a su apartamento que no tenía que estar allí. Y lo que realmente tenía más de malo era que a él no le importaba nada que hubiera una mecedora, nada menos, en medio de su salón.

–Um... ¿Haces estas cosas a menudo?

Ella siguió mirándolo claramente extrañada.

–¿Qué clase de cosas?

–Hacer amistad con desconocidos.

Katie se encogió de hombros, no muy segura de que le gustara el tono de su voz. Evidentemente, por alguna razón, él estaba enfadado con ella, pero no podía comprender por qué, no había hecho nada malo.

La verdad era que no se había parado a pensar que aquella no era su casa. Que no tenía casa. Hasta ahora.

–Bueno, no exactamente –dijo–. Quiero decir que Conrad y Ginny no me parecieron unos desconocidos cuando empecé a hablar con ellos. Eran realmente agradables y...

Quiso decirle a Cooper que esa pareja le había recordado a sus padres y que la visión de esa mecedora la había llevado a los días de su infancia en Kentucky, en una época en que su vida había sido sencilla y feliz. Había pasado mucho tiempo desde que alguien se había mostrado así de amable con ella.

Pero no se lo dijo y continuó suavemente:

–La mecedora no me ha costado nada. Y la puedo utilizar. Es difícil acunar a Andy en tu cama y no ocupa mucho sitio, además de no hacer ningún ruido. Probablemente ni te des cuenta de que está aquí.

Él la miró en silencio por un momento, con los brazos en jarras. La visión de su torso desnudo empezó a producirle cosas raras a ella.. Luego él se llevó una mano a la cara y se frotó la barbilla.

Finalmente, le preguntó:

–Y ¿qué piensas hacer con ella cuando llegue el momento en que tengas que marcharte?

Sólo entonces se dio cuenta Katie de lo que había hecho. No había tenido en cuenta ni por un momento que pronto tendría que marcharse de allí. Entonces comprendió por qué estaba él enfadado. Estaba claro que pensaba que al llevar esa mecedora a su casa era una especie de petición para quedarse allí indefinidamente. Y le había dejado muy claro en más de una ocasión que su presencia allí era sólo temporal.

–Te la puedes quedar cuando me marche –dijo suavemente–. De todas formas, no te vendrían mal un par de muebles más. No te ofendas, Cooper, pero tu apartamento no es el lugar más acogedor del mundo.

–No la quiero.

–Entonces la puedes vender. O guardármela hasta que yo encuentre un sitio donde quedarme.

Por la expresión del rostro de él, ella se dio cuenta de que no le gustaba tampoco esa idea. Pero no dijo nada. Andy empezó a agitarse entonces y ella pensó que debía tener hambre. Pero se quedó allí, mirando a Cooper, deseando que las cosas fueran diferentes entre ellos. Finalmente, el niño se puso a llorar.

–Tengo que cambiarle los pañales y darle de comer –dijo mientras lo sacaba de la mochila–. Perdona.

Se metió entonces en el dormitorio y cerró la puerta. Acababa de cambiarle los pañales y se estaba preparando para alimentarlo cuando oyó un leve golpe en la puerta.

–¿Sí?

La puerta se abrió lentamente y Cooper apareció llevando la mecedora. Sin decir nada la dejó al lado de la ventana de modo que quien se sentara en ella pudiera mirar al exterior, al parque. Luego se enderezó y miró a los ojos a Katie. Por último, sin decir nada, salió de la habitación, cerrando la puerta tras él.

Katie lo observó con una mezcla de un montón de emociones bullendo en su interior. Luego continuó con los preparativos para dar de mamar a su hijo y se preguntó cómo iba a poder olvidarse de Cooper cuando llegara el momento en que Andy y ella se tuvieran que marchar.

Tronaba fuertemente en el exterior y Cooper se dio la vuelta en el sofá para ver cómo las gotas de lluvia se estrellaban contra la ventana. Se había despertado hacía media hora cuando oyó a Andy llorar de hambre y no había podido volver a dormirse. La tormenta había empezado entonces, pero no le importaba porque siempre le habían gustado, cuanto más violentas, mejor. Le parecía bien que hubiera algunas cosas fuera del control humano y que lo seguirían estando por mucho que se empeñaran.

Entonces oyó un leve ruido cerca. Aprovechó el resplandor de un relámpago y vio a Katie de pie en la puerta del dormitorio. En esas fracciones de segundos vio que llevaba una camisa suelta de hombre con las mangas enrolladas hasta los codos y que le llegaba apenas a medio muslo. Luego, por suerte, la oscuridad volvió y se pudo decir a sí mismo que sólo se había imaginado el terror que había visto en sus ojos.

–Odio las tormentas –susurró ella cruzándose de brazos y frotándose los hombros nerviosamente–. Me dan mucho miedo.

Cooper se sentó en el sofá y se colocó mejor la sábana rodeándole la cintura.

–¿Por qué?

Katie se acercó entonces, pero aceleró el paso cuando retumbó otro trueno.

–No lo sé.. Siempre lo he tenido. Todo ese poder desatado. Todo ese viento que desafía cualquier control...

Él sonrió.

–Yo estaba pensando en que precisamente eso es lo que me gusta de las tormentas.

–Bueno, a mí no.

Se quedó allí, mirándolo, deseando claramente que él le dijera que se sentara a su lado, lo que él sabía que era lo último que debía hacer. La noche era oscura, tormentas, romántica...

–Entonces, ¿quieres quedarte aquí un rato mientras pasa? –se oyó decir a sí mismo.

Ella asintió vigorosamente.

–Sí...

Cooper se tumbó de nuevo y le hizo sitio en el sofá. Ella lo aceptó inmediatamente y se hizo una pelota.

–Gracias –dijo ella.

–De nada.

En vez de aplacarse, la tormenta aumentó de fuerza y Cooper se dio cuenta de que el temor de ella aumentó de la misma forma. Empezó a agitarse y a murmurar una canción.

–¿De verdad que te gustan las tormentas? –le preguntó ella incrédulamente.

–Sí. Y a ti, ¿de verdad que te dan miedo?

–Sí.

–Entonces supongo que está bien que estés aquí y no ahí fuera, en la calle.

–Eso supongo.

A pesar de lo inapropiado del momento, Katie miró de reojo a Cooper. Sabía que él dormía sólo con los calzoncillos y se preguntó si no lo haría porque ella estaba en su casa.

Lo mismo que cuando lo fue a ver furtivamente hacía unas noches, se quedó fascinada por la mata de vello rubio que le cubría el pecho, por no mencionar al pecho en sí mismo, sólido y musculoso. La parte superior de la sábana le llegaba hasta arriba del ombligo, pero sabía que su vientre era plano y fuerte también y estaba llamando a gritos a su mano para que se lo acariciara.

Katie tuvo que contenerse y apartó la mirada de mala gana para quedarse mirando la oscuridad de la habitación.

—Lo he visto —dijo él tranquilamente entonces.

Una llamarada de calor se encendió en el cuerpo de ella y se extendió hacia algunas partes de su cuerpo que no necesitaban en absoluto de ese calor.

—¿Qué has visto?

—Esa no demasiado sutil inspección que acabas de hacerme.

—No sé de lo que me estás hablando.

—Déjalo ya, Katie. No va a desaparecer.

Ella se volvió y lo miró de lleno.

—¿Qué no va a desaparecer?

Él agitó la cabeza lentamente, como si realmente no quisiera decir lo que le iba a decir.

—Incluso antes de que aparecieras aquí... incluso desde la misma noche en que nos conocimos, ha habido algo ardiendo en el ambiente entre nosotros. Si lo niegas, diré que eres una mentirosa; y sabes que tengo razón.

Ella se sentó entonces y, levantando las rodillas, apoyó la barbilla en una de ella sin dejar de mirarlo.

—De acuerdo, lo admito. Creo que eres muy atractivo.

—Y yo creo que tú también lo eres.

Ese calor que ella sentía en su interior se hizo más fuerte y se humedeció los labios sin saber lo que decir. Por lo que Cooper sabía, ella era una mujer casada. Le había dicho que eso era lo único que lo mantenía a distancia y, esa distancia era de lo más tenue. ¿Qué sucedería si ella le diera las explicaciones que le había pedido desde el principio y le hacía saber que no estaba casada? ¿Qué sucedería si él descubría que no tenía ninguna atadura, ni emocional, ni legal ni nada con ningún otro hombre? ¿Qué sucedería si supiera que ella estaba dispuesta y libre para lo que fuera? Se dijo a sí misma que no tenía que ser idiota. Sabía muy bien lo que sucedería. Y lo disfrutaría con ganas.

—Cooper empezó, no muy segura todavía de lo que le iba a decir.

Pero él la cortó antes de que lo pudiera hacer.

—Espero que te des cuenta del tremendo esfuerzo que estoy haciendo para que ese marido tuyo no pueda acusarte de adulterio y para que los dos podáis resolver vuestras... dificultades maritales aunque sea con un divorcio. Pero ya ves, es que yo soy así.

—Cooper...

—Quiero decir, amable. Cariñoso. Decente. Esas cosas.

—Cooper...

—Yo diría que es una suerte. De otra forma, probablemente me estaría metiendo en este mismo momento en algo en lo que no debiera meterme. ¿No dirías tú eso?

Katie supo que tenía que decirle que lo olvidara. Mejor aún, tenía que levantarse en ese mismo instante y volverse al dormitorio, donde Andrew dormía tan profundamente. Supo que no tenía que decirle lo que realmente quería decirle.

De todas formas, las palabras le salieron de la boca por sí solas.

—Él no es mi marido.

Capítulo Ocho

–¿Qué has dicho?

Cooper contuvo la respiración mientras esperaba la respuesta de Katie. Tenía miedo de creer que la había oído correctamente y estaba casi seguro de que la había malentendido.

–He dicho... que él no es mi marido.

En vez de decir nada, él se limitó a mirar su anillo. Ella siguió esa mirada y luego levantó la mano, abrió los dedos y miró inexpresivamente la joya.

–Sí, es una alianza y él me la dio en una ceremonia de boda. Pero la única razón por la que la sigo llevando es porque puede que necesite el dinero que puedan darme si la vendo.

Luego su mirada se centró de nuevo en Cooper firmemente y continuó.

–William no es mi marido –repitió–. No lo fue nunca. Cuando se casó conmigo él ya estaba casado con otra. Sólo que no me lo dijo, ni tampoco al sacerdote, ni al estado de Nevada, ni a nadie más en ese momento.

Ella suspiró pesadamente y luego, con dedos temblorosos, se quitó el anillo en cuestión. Luego lo dejó sobre la mesa que había cerca del sofá.

–No es mi marido –dijo de nuevo–. Y nunca lo ha sido.

Cooper no se dio cuenta de que había apretado los puños hasta que las uñas no se le clavaron en las palmas de las manos y entonces empezó a relajar los dedos. Apenas había escuchado los detalles de la bigamia de ese tipo porque un pensamiento le retumbaba en el cerebro una y otra vez.

Katie no estaba casada.

Ésta vez fue él el que suspiró.

—¿Cómo... cómo averiguaste la verdad?

—Su verdadera esposa fue a verme la noche anterior del nacimiento de Andy. William y ella habían tenido una discusión esa tarde, justo antes de que él se fuera a un viaje de negocios que, por esa vez, era cierto. En algún momento de esa pelea, él le habló de mí y le contó sus planes. Era por eso por lo que yo estaba haciendo la maleta para marcharme de esa casa cuando nos conocimos. Tenía que alejarme de William antes de que volviera de ese viaje.

—¿Sus planes? ¿Qué planes?

Katie se levantó y empezó a caminar por la habitación y siguió hablando.

—La esposa de William no puede tener hijos. Una enfermedad infantil la dejó estéril, pero no lo descubrieron hasta que fueron a ver a un especialista.

Entonces dejó de caminar y se dejó caer de nuevo en el sofá, al lado de Cooper.

—William quería tener hijos. Lo quería de verdad. Sobre todo un hijo. Darse cuenta de que su esposa no podía tenerlos lo hizo casi volverse loco. Cuando ella fue a verme tenía un ojo morado y los labios hinchados. Me dijo que se había caído, pero yo me di cuenta de que mentía. Lo que no sé es si William la pegó porque ella luchó con él por mi causa o si era algo que sucedía de forma habitual. Tal vez fuera porque ella no le podía dar el hijo que él quería, no lo sé. Lo único que sé es que, en algún momento, William se obsesionó tanto como para saltarse la ley a la torera e ignorar completamente los sentimientos de todos los demás, menos los suyos propios.

–Así que se puso a buscar una mujer fértil –dijo Cooper sorprendiéndose de que la voz todavía le saliera tan tranquila.

Katie asintió.

–Para ser justa, no sé si cuando nos conocimos él ya tenía un plan en mente o si se le ocurrió todo cuando me conoció. Yo era alguien sin raíces, sin familia y sin ningún sitio a donde ir si las cosas se ponían desagradables, así que eso le pudo dar la idea. Pero sí, más o menos, él estaba buscando una mujer fértil. Una que fuera tan inocente y estúpida como para creerse que un hombre como él pudiera enamorarse realmente de ella y hacerla su esposa. Y sucede que yo fui tan inocente y estúpida –concluyó ella tapándose la cara con las manos.

–Katie...

Pero ella lo hizo callar antes de que dijera nada más.

–Cuando lo veo ahora, no me lo puedo creer. Yo estaba trabajando de camarera y, una noche, él se sentó en una de las mesas que llevaba. Era evidentemente rico y debía de tener mucho éxito, además de ser bastante atractivo. No tenía motivos para querer algo con alguien como yo. Como te he dicho, puede que se le ocurriera su plan allí mismo, de golpe, mientras hablaba conmigo. Ligó un poco, y yo me quedé embobada con él. Lo siguiente que sé es que estábamos cenando juntos. Una semana más tarde, nos casábamos.

Katie bajó los pies al suelo y metió las manos entre las piernas, mirando al suelo.

–Por lo menos, yo creí que nos habíamos casado. Me pareció que estaba viviendo un cuento de hadas. Me pareció como si estuviera siendo recompensada por algo bueno que hubiera hecho anteriormente en mi vida. La verdad es que se puede decir que confié demasiado en él. Tienes razón, Cooper, hago amistad muy a menudo con desconocidos y debería andarme con más cuidado. Nunca dejé de pensar que había algo siniestro en William, pero... Chico, la verdad es que estaba embobada con él.

Como si fuera incapaz de hablar y estarse quieta al mismo tiempo, Katie se levantó de nuevo y continuó con los paseos.

–Ahora todo cobra sentido. No sé por qué no me di cuenta de que algo iba mal antes de que todo estallara.

–¿Qué tiene sentido ahora?

–Cuando nos fuimos a vivir a Philadelphia, William y yo casi no salíamos de la casa. Yo me imaginé que era porque éramos recién casados y él quería quedarse conmigo en casa y sentirse como si fuéramos una familia. Sobre todo después de que me quedara embarazada poco después de que hiciéramos... de la boda. Yo pensé que él quería intimidad porque era un hombre rico y prominente. Pensé... bueno, supongo que no pensaba nada en absoluto. Los pocos amigos de William que conocí me parecieron un poco sombríos al principio y nunca me sentí cómoda con ellos. Y él estaba fuera muchas más veces que en casa, de viaje de negocios, me decía. Pero ahora ya sé que estaba con su verdadera esposa. En su hogar verdadero. Sólo estaba dejando pasar el tiempo hasta que yo tuviera nuestro hijo. Luego me quitaría a Andy y nunca más me dejaría verlo.

Cooper no dijo nada por un momento, símplemente se quedó muy quieto y dejó que su cerebro procesara toda esa información. De alguna manera,

era una historia perfectamente creíble. Pero también se parecía mucho al guión de un culebrón televisivo.

–Así que ¿me estás diciendo que ese tipo... William, te conoció en Las Vegas, simuló un matrimonio contigo, te dejó embarazada y te llevó a Philadelphia para poder quitarte el niño cuando lo tuvieras y luego dejarte como si nunca hubieras existido? –dijo él pasándose una mano por los ojos–. Perdóname si me resulta un poco difícil de tragar toda esta historia. Quiero decir Katie, afróntalo, que hay un montón de agujeros en ella.

Ella dejó de caminar y se quedó mirando a la lluvia por la ventana.

–¿No crees que sé perfectamente que suena de lo más increíble? ¿No crees que me he pasado mucho tiempo tratando de convencerme a mí misma que la mujer que apareció delante de mi puerta no era más que una rubia tonta enamorada de William y que estaba tratando de romper su matrimonio de cualquier manera? Ya sé que parezco una loca, Cooper, pero así es exactamente como es esto. Es por eso por lo que necesito un lugar donde esconderme. Porque en el momento en que William Winslow me encuentre, me quitará a Andy y nunca más volveré a ver a mi hijo.

Cooper agitó la cabeza.

–Katie, no te lo puede quitar. ¿Estás bromeando? Después de lo que ha hecho, ningún tribunal en el país lo dejaría acercarse a ti o a tu hijo. Es un bígamo, le pega a su esposa, es un mentiroso... Seguramente podrías hacer que fuera a la cárcel una temporada.

Katie pareció como si se rindiera.

–Realmente no lo has comprendido todavía, ¿verdad, Cooper?

–¿Qué tengo que comprender?

–William es rico, es poderoso. Tiene a mucha gente comiéndole en la mano.

–¿Y qué?

Ella suspiró y volvió al sofá.

–Que también es un gran mentiroso y tiene mucha más credibilidad que la que tendría mi sincera versión de los hechos.

–¿Qué quieres decir?

–Lo que me dijo su esposa es que William le pagó al sacerdote de Las Vegas para que desapareciera toda la evidencia de nuestra boda. Y se cuidó mucho de que nuestros apellidos no pudieran conectarse con Philadelphia. Mi cuenta del banco estaba sólo a mi nombre y todas las compras las hacíamos en efectivo. La casa estaba a su nombre y me dijo que la había comprado para quedarse allí de vez en cuando durante sus viajes de negocios. No hay manera de que se nos pueda conectar a los dos de ninguna forma. Salvo por Andy y, cuando William me encuentre, tratará de quedarse con su custodia.

–Y ¿quién dice que la vaya a conseguir?

–Oh, lo hará. Tiene muchas influencias y me hará parecer una madre irresponsable. Yo no era nadie cuando me conoció. Dirá que estaba en Las Vegas por negocios y que yo lo pillé en un momento de debilidad. Pondrá cara triste, admitirá que cometió un error y que se encontraría dispuesto a remediarlo reconociendo la paternidad del niño y lo cuidaría con todos los beneficios de un hijo legítimo. Yo, por otra parte, apareceré como una mujer desesperada y con una moral más bien cuestionable que se acostó una vez con un hombre al que apenas conocía y que, evidentemente, no me puedo hacer cargo de ese hijo. Será la palabra de William contra la mía y él tiene mucha más influencia y amigos que yo. No tengo parientes, dinero, trabajo, hogar y ninguna manera de sustentar a mi hijo. William es rico, prominente, tiene éxito y le puede ofrecer a su hijo una posición estable y feliz. Ya me dirás que juez puede sentenciar a mi favor en una situación como ésa. Sobre todo, un juez del círculo de William.

Cooper tuvo que reconocer que tenía razón.

–¿Y su esposa? Ella te podría respaldar.

–No, está demasiado atemorizada como para contradecirle. No irá en mi rescate.

–Fue en tu rescate cuando te contó los planes de William.

–Eso lo hizo porque no quería cargar con un hijo que no era suyo. Un hijo que le recordaría siempre su incapacidad para tenerlos. La única razón por la que me fue a ver fue porque me quería ver lejos del escenario y sospechó que me marcharía nada más saberlo todo.

–Si William gana la custodia de Andy, ella se vería obligada a criarlo –dijo Cooper–. Si odia la idea lo suficiente como para ir a advertirte, entonces probablemente se volverá a arriesgar testificando en un juzgado.

–Puede. Pero no voy a aceptar ese riesgo.

–Así que estás atrapada.

–Lo estoy.

A no ser que...

Cooper interrumpió el pensamiento inmediatamente. De eso nada, pensó. Ni de broma.

No le iba a decir a Katie que mantendría a Andy con su apellido para así evitar la reclamación de paternidad de William y asumiendo así que el padre era él. A pesar de que ahora comprendía por qué ella había puesto su nombre en el certificado de nacimiento en vez de el de su supuesto marido. Pero él no se iba a hacer responsable de un hijo que no era suyo.

Además de todas las complicaciones legales y morales que conllevaba eso, tenía que tener en cuenta que, en toda su familia, no había ni un solo hombre que no hubiera resultado un padre desastroso. Como mínimo, habían ignorado a sus hijos. Otras veces, se habían dedicado a pegarles. Y Cooper estaba decidido a que ese ciclo terminara en él.

—A no ser ¿qué? —le preguntó Katie.

Sólo entonces él se dio cuenta de que había pensado en voz alta.

—Tiene que haber alguna manera de arreglar todo esto.

—Créeme, Cooper, si la hubiera, ya la habría encontrado. Y lo único que se me ocurre es esconderme de William hasta que Andy cumpla los dieciocho.

—Y ¿cómo te propones hacerlo?

—No te preocupes. No pretendo quedarme aquí hasta entonces. Ya sé que te estorbamos y que estás ansioso por librarte de nosotros. Ya se me ocurrirá algo. Pero dame otra semana de tiempo. Eso me dará tiempo suficiente para descansar y hacer algunos arreglos. Después de eso, Andy y yo desapareceremos de tu vida, haré lo que sea necesario para corregir ese certificado y luego te prometo que no te volveremos a molestar.

—Katie, no es eso lo que he querido decir.

—¿No lo era?

Cooper se levantó también, recordó que sólo llevaba los calzoncillos y tiró de la sábana para ponérsela alrededor de la cintura. Se acercó a ella lentamente. Sin pensar en lo que estaba haciendo, le puso las manos en los hombros y apretó levemente.

–No, sólo quería decir... que Andy y tú os podéis quedar aquí el tiempo que sea necesario. Ya te lo he dicho antes. Sólo me gustaría poder ofrecerte alguna seguridad de que esto se vaya a arreglar.

–No te preocupes por eso –murmuró ella sin darse la vuelta–. No es tu problema.

Luego ella soltó un sollozo y Cooper la hizo darse la vuelta para hacer que lo mirara. Inmediatamente deseó no haberlo hecho, ya que, a pesar de la poca luz, pudo ver que los grises ojos de ella estaban brillantes por las lágrimas.

–Ahí es donde te equivocas le dijo él mientras le acariciaba el cabello–. Es mi problema. Tú y Andy lo sois. Desde la misma noche en que nació. Entonces me sentí como...

–Como ¿qué?

–Como si fuera responsable de vosotros dos. Como si tal vez el destino nos hubiera unido por alguna razón.

Cooper le puso un dedo bajo la barbilla y la hizo levantar la cara hasta que sus miradas se cruzaron y añadió:

–Cuando tú desapareciste del hospital esa mañana, me sentí como si me hubieran quitado algo que me pertenecía. No sé otra forma de explicarlo. Cuando me di cuenta de que habíais desaparecido, fue como si hubiera perdido algo de una importancia vital y eso que no te conocía apenas.

Como si la hubiera sorprendido por esa confesión, Katie entreabrió levemente los labios y, como si no se diera cuenta de lo que estaba haciendo, se los humedeció.

Ese simple gesto sacó de sí a Cooper. De repente cayó en la cuenta de que ella no estaba casada. No estaba atada a nadie. El único obstáculo que había evitado que se desarrollara esa atracción casi irresistible que sentía por ella, ya no existía. No había nada que impidiera que hicieran el amor. Y la mirada de ella indicaba que no iba a rechazarlo.

Antes de que se diera cuenta de lo que estaba haciendo, la besó con ganas e, inmediatamente, ella respondió, más decididamente de lo que se hubiera imaginado. El beso de Katie estaba lleno de desesperación y soledad. ¿Qué más podía hacer él que devolvérselo con igual intensidad?

Ella sabía a dulzura y promesas, a cariño y fe. En el mismo momento en que Cooper se dejó llevar por ese beso, supo que más tarde se iba a arrepentir de él.

Pero incluso ese pensamiento se esfumó, siendo reemplazado por el deseo y la necesidad. Katie era suave en todas las partes en que él era duro, generosa en todo lo que a él le faltaba. Cooper supo instintivamente que ella podía llenar el vacío de su alma y calentar el frío de su corazón. Podía ser su salvación, su esperanza. Su último pensamiento coherente fue para recordarse que no tenía que dejarla irse.

Luego la besó de nuevo.

Ella se agarró fuertemente a él, haciendo que bajara más la cabeza, entrelazando los dedos de una mano con su cabello y los de la otra en el vello del pecho. Él a su vez, la rodeó la cintura y, por un largo momento se limitaron a permanecer así, apretándose fuertemente.

Luego Cooper le pasó las manos por la cara y el cuello hasta que llegó a sus senos, acariciándole los pezones mientras ella profundizaba el beso. Recordó esa mañana en la cocina, cuando se los adivinó perfectamente detrás de la fina tela de la camiseta y lo mucho que había deseado saborearlos.

Con dedos temblorosos le desabrochó la camisa y, al cabo de unos segundos, la prenda cayó al suelo, dejando a la vista esa parte de ella que llevaba atormentándolo desde hacía una semana.

No le sorprendió mucho descubrir que Katie era incluso más hermosa de lo que se había imaginado. Sus senos eran llenos y redondos, los pezones duros. Tomó uno de ellos en la mano y se lo llevó a la boca, introduciéndoselo todo lo que pudo. Lo acarició con la lengua un momento hasta que recordó que ella le daba de mamar a su hijo. Inmediatamente fue a apartar la cabeza, pero Katie se lo impidió.

Hizo que volviera a apretar la cabeza contra ella y le dijo con un suspiro:

—Está bien, me gusta como te siento ahí.

Cooper volvió a lo suyo pero en vez de chupar, como le decía su instinto, le recorrió el seno con la lengua y leves besos. Los dedos de Katie se agarraron más a su cabello cada vez que él la lamía.

Cooper no estuvo seguro de cuánto tiempo permanecieron así, tal vez minutos, tal vez horas. Las sensaciones eclipsaron el tiempo y la única realidad que percibía era la que tenía en las manos.

Luego sus manos le recorrieron el cuerpo a Katie, deteniéndose en el trasero y los muslos. Cuando ella gimió su nombre, él subió un poco la mano y la depositó en la cálida humedad entre sus muslos.

Todo el cuerpo de ella respondió a esa íntima invasión, pero en vez de apartarse de ese dedo intruso, levantó las caderas y abrió más las piernas para facilitar una exploración más concienzuda.

Cooper le pasó los dedos por encima del húmedo algodón de sus braguitas y luego, inmediatamente, metió la mano dentro para hundir los dedos en el rizado vello que encontró allí. Continuó con su exploración hacia más abajo hasta que encontró el cálido centro de ella. Lenta, metódicamente, empezó a mover los dedos en círculos y adentro y afuera.

Katie se estremeció entonces. Su respiración se hizo agitada y cerró los ojos. Había echado atrás la cabeza para permitir a Cooper que la siguiera besando levemente en los labios. Luego, de repente, un violento estremecimiento la recorrió y gritó mientras temblaba alrededor de sus dedos.

–Oh –gimió cuando la envolvió otra oleada–. Oh, Cooper.

Incapaz de soportar por más tiempo no estar dentro de ella, Cooper se arrodilló en el suelo e hizo que lo siguiera. Se despojaron rápidamente de la poca ropa que les quedaba y ella lo recorrió con las manos. Con una de ellas lo abarcó todo lo que pudo y él le acarició de nuevo los senos, rozándole los pezones como si fueran joyas. Luego ella lo guió hacia sí, haciendo a la vez que se tumbara e instalándose sobre él.

Cooper se quedó muy quieto mientras observaba su unión, sintiendo todo el calor de Katie rodeándolo mientras desaparecía en su interior poco a poco. Lentamente ella recorrió toda la longitud de él, hasta que fue parte de ella completamente. Cooper se agitó debajo, pero ese movimiento sólo hizo que su posesión de él fuera más completa. Luego, igual de lentamente, ella empezó a levantarse, como si lo fuera a liberar. Cooper se agarró fuertemente a sus caderas y la hizo bajar de nuevo.

Después hizo que sus cuerpos se giraran hasta que ella quedó bajo el suyo. Sólo entonces le pareció como si recuperara un cierto control de la situación. Pero aún no se podía separar de ella. En lo

96

que se refería a Cooper, podía quedarse allí el resto de su vida, mientras Katie Brennan siguiera ofreciéndole el santuario de su cálido cuerpo. Después de eso podría hasta morirse. Porque en esos momentos lo único que tenía importancia era Katie y lo que le estaba haciendo sentir.

Vació la mente y se concentró en lo que debía. Se apoyó en las rodillas y, tomándola las dos manos por encima de su cabeza, empujó con fuerza. Ésta vez, él sería el poseedor, el que marcara el ritmo.

Pero inevitablemente, se perdió en Katie. Ella echó atrás la cabeza y se abrió a él, así que fue Cooper el que se rindió. Se hundió cada vez más profundamente, sin darse cuenta en lo poco de él que estaba dejando atrás. Siguió moviéndose sin descanso y ella se apretaba contra su cuerpo a cada empujón. Por fin, en un frenesí incontrolado, explotó en el interior de ella. Pero fue Katie la que gritó cuando llegó la culminación.

Pasó un largo momento antes de que Cooper recordara quién o dónde estaba. Cuando lo hizo, se encontró con que Katie seguía debajo suyo, tratando de respirar como si no lo hubiera hecho durante algún tiempo. Sólo entonces recordó que él también tenía que hacerlo y lo hizo tan frenética y erráticamente como ella.

El llanto de un bebé hizo que no pronunciara una palabra. Pero de todas formas, no tenía ni idea de qué decir.

Evidentemente, Katie tampoco, ya que salió de debajo suyo, tomó su camisa y corrió hacia el dormitorio. Luego cerró la puerta. Cooper la vio desaparecer mientras seguía atontado.

Y se preguntó qué debía hacer ahora.

Capítulo Nueve

Cooper siempre había odiado las mañanas de después de hacer el amor, por eso siempre había evitado pasar toda la noche con una mujer. Pero eso iba a ser difícil con Katie, a no ser que él se fuera a vivir a otra parte, claro, o le dijera a ella que se marchara con su hijo, cosas que no estaba dispuesto a hacer, por lo que no le quedaba más remedio que afrontar lo que había sucedido esa noche.

Mientras se preparaba el desayuno en la cocina no paraba de pensar en toda clase de excusas y explicaciones que iba a tener que darle a Katie para minimizar su...

¿Su qué? ¿Qué palabra podía utilizar para describir lo que habían compartido? ¿Haber hecho el amor? No, eso sugería que el amor tenía algo que ver y él sabía que aquél no era el caso en absoluto. ¿Su encuentro sexual? Aquello era más propio, pero no del todo. Él había tenido encuentros sexuales antes y no se habían parecido mucho a lo que había tenido con Katie.

Entonces, ¿qué había hecho con ella? ¿Qué habían compartido ambos esa noche? ¿Cómo lo podría describir? ¿Un lapsus? Eso era, un lapsus. No estaba seguro de lo que eso significaba exactamente, pero había oído la palabra en una película. Era tan buena como cualquier otra y sonaba exótica, sensual y temporal. Podría ser apropiada.

Salió de la cocina con el café justo cuando Katie

iba a entrar en ella. Se apartó inmediatamente porque ella llevaba al niño y Katie pasó a su lado como si no existiera.

Cuando se reunió con él en el salón con un gran vaso de zumo de naranja, siguió haciendo como si fuera invisible, así que le dijo:

–Katie...

Ella se detuvo inmediatamente y se volvió hacia él. Antes de que le pudiera decir nada más, ella le espetó:

–Quiero hablar con un abogado.

Aquello era lo que menos se hubiera esperado que dijera, dadas las circunstancias.

–¿Un abogado? Hey, Katie, ya sé que lo que pasó anoche no lo planeamos ninguno de los dos, pero ¿realmente crees que involucrar a un abogado lo va a arreglar?

Ella lo miró por un momento, extrañada y como dolida.

Luego agitó la cabeza lentamente.

–No, he querido decir que quiero hablar con un abogado sobre Andy. Sobre su custodia. Ver si realmente tengo alguna posibilidad de mantenerla y de hacer que William no pueda acercarse a él, legal, física y permanentemente. Tú tenías razón cuando me dijiste que debería ver a uno. Una consulta no debe ser muy cara, ¿no?

Cooper dudó un momento antes de responderle:

–O, de acuerdo.

Ella se acercó entonces al sofá.

–En lo que a mí concierne, lo de anoche no sucedió. No fue más que un sueño.

Ambos se sentaron en el sofá, lo más lejos posible el uno del otro y Cooper, sin mirarla, le dijo:

–Yo he tenido muchos sueños como ese últimamente. ¿Y tú?

Katie no respondió y se limitó a acomodar a Andy en su regazo.

Cooper suspiró pesadamente.

–Preferiría no hablar de ello. ¿De acuerdo? –dijo ella por fin.

–De acuerdo.

–Y también preferiría pensar que ambos estábamos un poco afectados emocionalmente y agotados físicamente. ¿De acuerdo?

–De acuerdo.

–Y ya te digo que preferiría hacer como si nunca hubiera sucedido, ¿de acuerdo?

Ésta vez fue Cooper el que no dijo nada.

Katie lo miró por fin e insistió:

–¿De acuerdo?

Cooper se quedó mirando su taza de café como si allí estuviera la respuesta.

–De acuerdo.

Sabía que estaba mintiendo, pero no le importaba. No podía hacer como si lo de la noche anterior no hubiera sucedido nunca. Y, modestia aparte, sospechaba que Kate tampoco podría. Pero estaba de acuerdo en que, probablemente, fuera mejor para los dos no volver a hablar del asunto.

–Mi vida está destrozada en estos momentos –afirmó ella–. Lo que menos necesito ahora... que los dos necesitamos es...

Katie se calló de repente y siguió acunando a Andy antes de continuar.

–¿Conoces algún abogado?

Estaba claro que ella quería cambiar de conversación.

Cooper pensó por un momento.

100

–Sí, a un par. No muy bien y no sé si se dedican a cosas como ésta.

–¿Tienes sus números de teléfono?

–Creo que sí.

–Es un principio.

Katie permaneció en silencio un momento y prosiguió:

–¿Tienes que trabajar hoy?

Cooper agitó la cabeza.

–No, ¿por qué?

La expresión de ella reflejó una cierta ansiedad.

–¿Te importaría quedarte con Andy un rato?

La verdad era que le importaba mucho. Nunca antes había hecho de niñera y, no tenía la menor gana de hacerlo ahora. No tenía ni idea de lo que había que hacer con los niños, a pesar de llevar una semana fascinado por lo que hacía Katie con su hijo.

Pero el que aquello le fascinara no significaba que quisiera hacerlo él. Al contrario, cuanto más distancia mantuviera entre ese niño y él, mejor.

–Yo...

–Sólo será un rato.

–No creo que...

–Y a mí me resultará mucho más fácil explicarle mi situación a un abogado si no estoy con Andy.

–Pero...

–Por favor, Cooper...

Él fue a decirle que no, pero en vez de eso, se oyó decir:

–Bueno, de acuerdo...

Katie sonrió.

–Gracias.

De mala gana, él bajó la mirada hacia el niño y Andy lo miró a él con una intensidad que hizo que Cooper se estremeciera. Era como si esos grandes

101

ojos grises pudieran ver directamente en lo más profundo de su alma, como si Andy pudiera decir sólo con mirarlo lo que Cooper era capaz de hacer.

Entonces el niño sonrió ampliamente y Cooper se sintió como si hubiera sido exonerado después de haber sido injustamente acusado de algún crimen repugnante. Ese gesto de aprobación por parte de Andy lo hizo sentirse como si fuera el más perfecto de los seres humanos, y no pudo evitar devolverle la sonrisa.

–Voy a darme una ducha rápida –dijo Katie un poco dubitativamente–. Si te parece bien.

–Claro. No te preocupes por nosotros, Andy y yo estaremos bien.

–Bueno, tengo que decirle, señorita Brennan, que encuentro su historia de lo más increíble–. Katie miró al abogado, Lewis Prentiss Esquire y supo que tenía problemas. No era uno de los abogados que le había recomendado Cooper, ya que, como él le había dicho, se especializaban en otras cosas, no en derecho familiar, por lo que había tenido que buscar en las páginas amarillas y ahora se estaba preguntando si no se habría equivocado en la elección. Ese tipo tenía algo que la hacía sentirse incómoda.

–Ya sé que resulta difícil de creer –dijo ella–. Pero le aseguro que sucedió exactamente como le he dicho.

–Tal vez si me diera más detalles...

Ella había evitado darle básicos para que la pudiera identificar a ella o a William, por si acaso.

Lo cierto era que no tenía ninguna razón para desconfiar de ese hombre, pero así era. Supuso que la forma en que llevaba viviendo esos dos últimos meses ha hacía desconfiar de todo el mundo. Salvo de Cooper, por supuesto. Por alguna razón, no tenía ningún problema para confiar en él.Y mira lo que te ha pasado, le dijo una vocecilla en el cerebro.

Decidió no pensar en aquello ahora y concentrarse en la consulta con el abogado, que le estaba costando un buen dinero.

—Preferiría no entrar en detalles —dijo—. Todavía no. Sólo quiero saber cuáles son mis derechos. Quiero saber si puedo ponerle una demanda medianamente sólida a ese hombre.

El abogado la miró en silencio por un momento.

—Me ha dicho que no existe ningún registro de su matrimonio en Las vegas, ¿no es así?

—No, parece ser que no lo hay.

—Pero el hombre es, definitivamente, el padre de su hijo. ¿Podría probar eso un test de paternidad sin ningún género de dudas?

—Sí.

—Entonces yo diría que él tiene posibilidades. Por supuesto, eso depende del juez y, estoy seguro de que todavía hay cosas que no me ha contado y que pueden ser significantes, pero por lo que me ha dicho... señorita Brennan, seré sincero con usted. A mí me parece que ese hombre tiene bastantes posibilidades de conseguir la custodia de su hijo.

Ella no le había contado nada al abogado de que había dicho que el padre era Cooper y se mordió el labio para que no se le escapara. Por alguna razón, le pareció importante no decir nada más al respecto.

—¿Incluso aunque me haya mentido? —le preguntó—. ¿Aunque haya cometido bigamia?

—A no ser que haya algún registro de su matrimonio, no existe ninguna prueba de que la haya cometido. Tampoco hay ninguna evidencia de que la haya mentido a usted.

—Es mi palabra.

—Y la de él. La cuestión es: ¿a quién va a creer el juez?

Katie suspiró. La respuesta ya la sabía.

—Gracias por su tiempo, señor Prentiss —le dijo al abogado—, me ha ayudado mucho.

—Señorita Brennan, por favor. Si quisiera darme algún detalle más...

—No, está bien. Ahora estoy muy segura de conocer mis derechos.

O, más bien, su falta de ellos, pensó.

—Bueno, déjele su teléfono y dirección a mi secretaria cuando salga. Haré algunas investigaciones y veré si hay alguna jurisprudencia al respecto. La llamaré si encuentro algo.

Katie asintió, pero no le iba a dejar nada de eso. Probablemente ya era suficientemente malo que le hubiera dado su nombre verdadero, ya que no confiaba en él y, además, no veía ninguna razón para hacerlo.

Cuanto más pensaba en su situación, más indefensa se sentía. Y más deseaba apoyarse en Cooper, abrazarlo y hundir el rostro en su pecho, mientras él la acunaba, acariciaba y le murmuraba que no se preocupara, que todo iba a terminar bien.

Cielos, el caos que era su vida...

Fuera del bufete, el día estaba muy bonito, el sol brillaba y el cielo estaba de lo más azul. Tomó aire profundamente y pensó que, con semejante día, debería estar en un parque o en el campo, con su hijo, pero en vez de eso, tenía que permanecer encerrada en el piso de Cooper, perdiéndose aquella tarde veraniega.

Hasta ese momento no se había dado cuenta de que también echaba de menos esas cosas, ya que, incluso antes de huir con su hijo, había abandonado los placeres más básicos de la vida, los que podía conseguir gratis. ¿Cuándo fue la última vez que había ido a darse un paseo tranquilamente? ¿Cuándo fue la última vez que se había sentado tranquilamente en un banco de un parque a tomar el sol?

Ahora se daba cuenta de que no lo había hecho desde niña. Y, ahora que tenía un hijo, ¿no debería asegurarse de no volver a perderse esas experiencias? ¿No debería asegurarse de que su hijo disfrutara de su infancia como todos los demás? Andy había llevado demasiadas cosas a su vida que no había tenido con anterioridad. Cosas que nunca antes se le habrían ocurrido, cosas que hacían que ahora le parecieran tonterías aquellas que antes había considerado importantes.

Deseó asegurarse de que Andy creciera con la comprensión de lo que era realmente importante en la vida.

Y, por alguna razón, deseó asegurarse de que Cooper lo comprendiera también.

Deseó poder compartir con él todo lo que Andy le había dado a ella, pero no sabía cómo hacerlo.

Tomó el autobús, pagó y se sentó en el centro. Luego, mientras miraba por la ventana, se preguntó cómo iba a poder mostrarle a su hijo los placeres de la vida, cuando iba a tener que estar vigilante durante el resto de su vida.

Cooper se tumbó al lado del durmiente Andy, observándolo mientras respiraba. Hasta que Katie y su hijo aparecieron en su puerta, no recordaba cuándo se había tumbado por última vez en el suelo.

Desde allí abajo se veía el mundo de una forma completamente distinta, pensó, le daba a un hombre una perspectiva completamente diferente de las cosas. Incluso se veía la suciedad que no había notado hasta entonces y tomó nota mentalmente que tenía que comprarse uno de esos limpiadores a vapor. Y, entre el aparato de música y el sofá, estaba la cinta de Robbie Robertson que se había vuelto loco buscando hacía ya un año.

Debía ser duro ser un bebé, pensó también, volviendo su atención a Andy. No tener manera de decirle a la gente lo que se le podía pasar por la mente, salvo llorando o sonriendo y esperando que el pañal oliera lo suficiente como para que a alguien se le ocurriera cambiártelo. Sin ningún medio de transporte por ti mismo y poquísimas oportunidades de mantener una conversación con algo de significado.

No debía ser una vida muy excitante.

Pero a pesar de eso, Andy parecía muy contento con la suya. Eso cuando estaba despierto, claro, ya que Cooper había descubierto que los recién nacidos se pasaban una gran parte de su vida durmiendo. Menos por la noche, claro, ya que solía oír a Katie despertarse cada noche media docena de veces, por lo menos. A veces había pensado llamar a su puerta para preguntarle si la podía ayudar en algo, pero como sabía que en esos momentos le estaba dando de comer, no creía que pudiera hacer mucho al respecto.

Katie podía cuidar del niño muy bien sin él, se dijo a sí mismo. Llevaba haciéndolo desde hacía un par de meses, ¿no? Sólo porque él tuviera esa estúpida e inexplicable sensación de que era él quien debía estar cuidándolos a los dos... Eso no significaba nada, ¿no? No significaba que él debiera hacer lo que fuera para asegurarse de que estuvieran a salvo ¿no? No significaba que realmente debiera aceptar la responsabilidad de ellos dos, ¿no?

–Vaya, Andy –le dijo al niño dormido–, realmente deberíamos hablar de vuestra situación aquí.

El niño siguió con los ojos cerrados, pero sus labios se entreabrieron como si realmente quisiera contestar.

–Tu mamá y tú tenéis que apartaros de los problemas. Este arreglo que tenemos ahora... no está funcionando nada bien.

El niño respiró un par de veces e hizo un ruido con la boca.

–Lo digo en serio, Andy. Tu madre y tú sois magníficos y todo eso, pero... Tal como están yendo las cosas aquí ahora... La verdad es que no se puede decir que conduzcáis a una rutina normal. ¿Sabes lo que quiero decir? Vamos a tener que hacer algo. ¿Y qué vamos a hacer, compañero? Sólo por curiosidad, ¿cuál es tu parte en todo esto?

Andy abrió entonces los ojos y se encontró con la mirada de Cooper muy intensamente. Por un segundo, Cooper pensó que el niño le iba a decir algo y casi se esperó que articulara alguna respuesta inteligente a su pregunta. Luego Andy sonrió y se le cayó un poco de baba. Cooper no pudo evitar reírse.

–Sí, mucha gente dice lo mismo de mis habilidades como conversador. De acuerdo, tú ganas. Haremos lo que tú quieras hacer, así que dilo.

Pero Andy, evidentemente, siguió sin decir nada. En vez de eso, siguió mirando a Cooper como si le dijera: «Sí, de acuerdo. Todavía no me puedo ni dar la vuelta solo. Es tu trabajo entretenerme.»

Cooper estaba a punto de levantarse del suelo y llevarse al niño a la cocina, donde Andy, por lo menos, cambiaría de escenario, cuando sonó el ruido de una llave en la cerradura, seguido inmediatamente por la aparición de Katie en la puerta.

–Hola –dijo cuando la cerró.

Cooper se tumbó de boca y apoyó la barbilla en las manos.

–Hola. ¿Cómo te ha ido?

–No muy bien.

Katie se acercó al sofá y se dejó caer en él. Andy, con mucho esfuerzo, logró girar la cabeza para mirar a su madre y luego se rió encantado. Katie se rió también e, inmediatamente bajó también al suelo y le dio un beso en la frente al niño. Luego se sentó con las piernas cruzadas en la moqueta.

–Fui a ver a un tipo llamado Lewis Prentiss que se ocupa de casos de custodias –dijo mirando al niño en vez de a Cooper–. No le conté muchos detalles, pero sí los rasgos generales de mi situación y cómo están las cosas entre William y yo. Prentiss cree que, si esto llega a un juzgado, William tiene bastantes posibilidades de ganar.

Cooper tardó un momento en digerir eso y luego le dijo:

–Pero no está seguro de que eso vaya a suceder, ¿no?

Ella agitó la cabeza.

–No. Supongo que no se puede garantizar nada al cien por cien. Pero es de la opinión de que, en estos momentos, hay una cierta predisposición en contra de las madres solteras en los juzgados del país Y, si voy a dar con el juez equivocado...

Cooper asintió, pero no dijo nada.

–No lo puedo perder, Cooper. No podría vivir si

108

pierdo a Andy. Sería como perder una parte de mí misma. Me gustaría poderlo explicar mejor, poder hacer que lo comprendieras. Pero a no ser que hubieras sido padre tú mismo, a no ser que supieras como es...

–Nadie ha dicho que tengas que perder a Andy. Sólo has hablado con ese abogado. Sólo tienes que consultar a un par más. Eso es todo.

Ella agitó la cabeza.

–No, todos me dirán lo mismo. Éste tipo sabía de lo que estaba hablando. Andy y yo somos...

Entonces le frotó la frente a su hijo lentamente y añadió como si sólo estuviera hablándole a él.

–Lo siento, chico, pero no te voy a poder dar todas las cosas que me gustaría darte. No vas a tener la mejor infancia del mundo porque nunca vamos a poder dejar de andar vigilantes. Pero te amaré con todo mi corazón. Mientras yo viva siempre tendrás eso. Te lo prometo.

Cooper descubrió entonces que le gustaría que Katie le hubiera hecho esa promesa a él. Luego, tan pronto como ese pensamiento se formó en su cabeza, lo apartó decididamente. Lo último que necesitaba o quería en ese momento era una promesa de algo para siempre. Para siempre era demasiado. ¿Quién sabía lo que el tiempo le podía hacer a todas las cosas?

–Katie...

Ella lo miró entonces con una expresión que indicaba que se había olvidado por completo de su presencia.

–¿Qué?

–No puedes hacer esto.

–Hacer ¿qué?

–No puedes seguir huyendo del padre de Andy como lo has venido haciendo hasta ahora.

–¿Por qué no?

—Porque esa no es forma de vivir, por eso.

Ella suspiró disgustada.

—Ya lo sé. Pero ¿qué otra opción me queda?

Cooper dudó un momento antes de responder, tratando de convencerse a sí mismo de no describir lo que parecía una alternativa perfecta. Pero no, aquello estaba mal. Era una violación de los derechos de otro ser humano, aunque fuera un ser humano monstruoso. Incluso muy bien podía ser ilegal. Sería estúpido y suicida meterse en lo que estaba a punto de meterse.

Pero aún así, dijo:

—Tienes otra opción, Katie.

—Sí, puedo ir al juzgado y arriesgarme a perder a Andy para siempre.

—No, me refiero a otra.

Ella lo miró extrañada.

—¿Cuál?

Cooper suspiró y luego soltó las palabras todo lo rápidamente que pudo, así que sonaron casi como si fueran una sola.

—Puedes dejar que el padre de Andy sea responsable de él.

—El padre de Andy...

La expresión de ella cambió de extrañada a completamente confusa.

—Creía que estábamos hablando del padre de Andy. ¿De qué me estás hablando tú? William es...

—William dice que es su padre. Yo estoy hablando del padre legal de Andy... el que aparece en el certificado de matrimonio.

Como ella se quedó completamente atontada y sin dar señales de comprender nada, Cooper añadió:

—Me refiero a mí. Puedes hacerme responsable de Andy.

Capítulo Diez

–¿Tú?

Katie se dijo a sí misma que debía haber oído mal. No era posible que Cooper le estuviera ofreciendo hacer lo que le estaba ofreciendo. ¿Por qué lo iba a hacer? ¿Por qué cualquier hombre iba a aceptar la responsabilidad de un hijo que no era suyo?

–Sí, yo. Yo soy el padre legal de Andy, después de todo, ¿no? Lo dice muy claro en su certificado de nacimiento.

–Pero...

–Katie, es la única manera en que vas a poder mantener la custodia de tu hijo sin correr el riesgo de perderlo. Tú y yo podríamos casarnos.

–¿Casarnos?

–Eso, casarnos. Así tendrías todo lo que no tienes ahora y que un juez puede considerar tan importante, parientes, raíces, un hogar, unos ingresos... una forma de mantener a Andy, el entorno perfecto para criarlo. Le darás un padre legal, legítimo y a tiempo completo.

Cooper sonrió maliciosamente antes de añadir:

–Tal vez si pensáramos juntos podríamos inventarnos una historia decente para contrarrestar la reclamación de paternidad de William y esparcir unos cuantos rumores sobre su carácter. Cierto que cometeríamos perjurio si llegamos al juzgado, pero sería por una buena causa.

Como Katie permaneció en silencio, él se levantó y se sentó a su lado. Luego le pasó un brazo sobre los hombros y la apretó.

—Incluso si sucede algo que demuestre que William es el padre biológico de Andy, por lo menos estar casada te dará algunas ventajas. Podrías estar en posición de ofrecerle a tu hijo un futuro tan estable como el que le pudiera ofrecer William. De clase media en vez de alta, pero aún así... Tal vez, sólo tal vez, solamente por ser la madre del niño, te quedarás con la custodia. Así que ¿por qué no...? Ya sabes ¿por qué no te casas conmigo?

Bueno, eso sí que era efectivo para dejarla sin palabras. A Katie no se le ocurría ningún otro momento en su vida en que se le hubieran ocurrido menos cosas que decir.

Entonces él añadió:

—Por lo menos el tiempo suficiente como para que William sepa que no tiene ninguna posibilidad de llevarse a Andy y que ese animal se busque otra mujer reproductora.

Katie agitó la cabeza vehementemente.

—No, ésa es otra cosa, Cooper. Tengo que asegurarme de que no va a volver a hacer algo así. Porque está lo suficientemente loco como para hacerlo. Sólo que la próxima vez puede que no sea tan bueno con la mujer que consiga como lo fue conmigo.

—Bueno. ¿Tú crees que fue bueno contigo?

—En comparación con lo que podía haber sucedido y, después de ver la forma en que le pegaba a su esposa, sí. No quiero ni pensar en lo que podría hacer la siguiente vez.

—Bueno, ¿qué me dices? ¿Te casarás conmigo?

—Por supuesto que no.

Él la miró con la expresión en blanco por un momento.

–Eso lo has dicho muy deprisa. ¿Quieres pensártelo otra vez?

–No. No es necesario. No voy a destruir más tu vida de lo que ya lo he hecho. Ya es suficiente que Andy y yo nos hayamos instalado aquí por una semana y, puede que tarde meses en encontrar una forma legal para arreglar lo de su certificado de nacimiento. Me niego a ponerte peor las cosas de lo que ya están.

–Katie...

–Te he dicho que no, Cooper, y se acabó. Ha sido muy amable por tu parte, pero...

Estaba claro que él no podía haber pensando bien en todas las repercusiones que podría traerle aquello, pero había algo más.

¿Cómo podía ella casarse con Cooper sintiendo lo que sentía por él? ¿Cuando ni siquiera sabía con certeza lo que sentía por él? Durante esa semana había habido veces en las que había pensado que estaba enamorada de él. La noche anterior, cuando habían hecho el amor, por un breve momento se había permitido creer que, tal vez, él también la amara a ella.

En su momento se había enamorado mucho y rápidamente de un hombre y había tenido que huir de él para tratar de proteger a su hijo. ¿Cómo se suponía que podía confiar en sus sentimientos hacia Cooper? Seguramente lo único que sentía por él era gratitud. O tal vez alguna especie de extraña reacción posparto que la hacía pensar que lo amaba.

En cualquier caso, si se casaba con él, no tardaría mucho en recuperar el sentido y darse cuenta del horrible error que había cometido. O, tal vez fuera Cooper el que llegara a esa misma conclusión.

No, de ninguna manera, no iba a volver a arriesgarse a pasar por aquello de nuevo. Cooper se estaba portando muy bien con ella, pero no estaba siendo realista. Por suerte, uno de ellos tenía la suficiente cabeza como para darse cuenta de eso.

—Andy y yo nos iremos mañana —dijo ella mientras se levantaba con el niño en brazos.

Cooper la miró incrédulamente.

—¿Qué? ¿Mañana? ¿Por qué?

Katie hubiera jurado que él parecía decepcionado en vez de aliviado.

—Porque llevamos aquí demasiado tiempo y nos hemos aprovechado de ti. Y porque ese abogado me ha hecho sospechar por alguna razón. Creo que Andy y yo tenemos que mudarnos.

Cooper se levantó también y puso los brazos en jarras.

—¿A dónde? ¿es que tienes algún sitio a donde ir?

—No lo sé. Pero tampoco lo sabía la primera vez y Andy y yo estuvimos bien.

Él se rió sin humor.

—Katie, cuando apareciste en la puerta estabas medio muerta de cansancio y completamente aterrorizada. Yo no llamaría a eso estar bien.

—Lo estaremos esta vez.

—No creo que sea una buena idea.

—Lo que tú creas no importa, Cooper. No eres responsable de nosotros.

Sin esperar a que él dijera nada más, Katie se metió en el dormitorio y se dejó caer en la cama al lado de su hijo. Sólo entonces se dio cuenta de lo rápidamente que le estaba latiendo el corazón. Trató de tranquilizarse y cerró los ojos.

Lo que más la afectaba no era que Cooper la hubiera ofrecido mentir por ella en un juzgado, ni que se hubiera quedado sin más opciones. Ni que un cerdo pudiera estar averiguando en ese mismo momento el lugar donde se estaba quedando.

No, lo que más afectaba a Katie era lo desesperadamente que había deseado aceptar la propuesta de matrimonio de Cooper. Tanto si él la amaba como si no, si la necesitara como si no. Por todo el tiempo que pudiera durar ese acuerdo tenue.

Una vez había hecho el idiota por un hombre, se recordó a sí misma. Había pensado que alguien la amaba lo suficiente como para hacerla suya para siempre. Y, al contrario que su supuesto marido, Cooper ni había mencionado la palabra amor. Ni había dicho nada de para siempre.

Por lo menos él era sincero, se dijo a sí misma. Pero eso la consoló bien poco.

Cooper se quedó mirando por un momento la puerta del dormitorio, tratando de decirse a sí mismo que no había hecho lo que acababa de hacer. ¿De verdad que se había ofrecido a cometer perjurio por el bienestar de un niño? ¿de verdad que le había pedido a Katie que se casara con él? ¿de verdad que le había dicho que le hiciera a él responsable de su hijo a los ojos de la ley?

¿De verdad que le había dolido cuando ella había rechazado su proposición?

No. No podía ser.

Él tampoco había dormido mucho desde que Andy y Katie habían entrado en su vida, eso era todo. Ya se le pasaría.

Pero una cosa era cierta. Su vida nunca iba a volver

a la normalidad de antaño hasta que Katie y su hijo no hubieran normalizado la suya. Y, si ella se marchaba al día siguiente, eso sólo empeoraría las cosas.

Se acercó lentamente a la puerta del dormitorio y llamó levemente tres veces.

–¿Sí? –respondió Katie desde el otro lado.

–¿Podemos hablar un poco más sobre esto?

–No ahora. Estoy dando de comer a Andy.

–Entonces, ¿cuándo?

Katie tardó un momento en responder.

–Creo que ya nos hemos dicho todo lo que había que decir.

–Y yo creo que te equivocas en eso.

–Cooper, déjalo estar, por favor.

–Todavía no. Prométeme que no vais a ir a ninguna parte hasta que yo averigüe una cosa más.

–¿Qué?

Cooper se preguntó cuánto más debía decirle y luego decidió no decirle nada en absoluto. No quería fomentarle falsas esperanzas, ver su decepción si las cosas no salían como él quería.

Lo que estaba pensando era dar un palo de ciego. Pero podía llevarlos a algo que les podía ayudar. Él podía no tener muchos amigos, pero sí que conocía a mucha gente y los abogados eran sólo la punta del iceberg. Podría venir bien contarle algo a alguna gente y luego ver qué pasaba.

–Tengo que salir un rato –dijo rápidamente–. No sé cuándo volveré. No me esperes levantada.

Como ella no dijo nada que indicara que lo había oído, la llamó más fuerte.

–¿Katie?

–De acuerdo, no te esperaré levantada.

–Y prométeme que no os iréis a ninguna parte todavía.

Se produjo un momento de duda que a Cooper no le gustó nada.

–De acuerdo.

–Prométemelo.

–Te lo prometo.

–Di: Cooper, te prometo que Andy y yo no nos vamos a ir a ninguna parte hasta que tú no vuelvas.

Entonces la oyó suspirar exasperada.

–Cooper, te prometo que Andy y yo no nos vamos a ir a ninguna parte hasta que tú no vuelvas.

No es que él estuviera muy seguro de que fuera a cumplir esa promesa, pero iba a tener que conformarse con eso.

Cuando él volvió a casa, Katie estaba dormida, pero no así Andy. Lo oyó cuando cerró la puerta. Estaba tumbado, como siempre, en medio del salón, con su madre al lado, profundamente dormida. Se dio cuenta de que el agotamiento había hecho presa finalmente en ella. Si no hubiera sido porque respiraba, podría haber pensado que estaba muerta.

Con todo el cariño y la experiencia que le daba su trabajo, la levantó en brazos y la llevó al dormitorio, instalándola en el mismo lado de la cama que solía ocupar él. Entonces se dio cuenta de que las sábanas olían levemente a ella y se preguntó cuánto duraría ese olor después que se hubiera ido. Esperaba que mucho tiempo.

Volvió al salón a por Andy, lo tomó en brazos como antes a su madre y ya se lo iba a llevar al dormitorio cuando, siguiendo un impulso inexplicable, se dirigió a la mecedora y se sentó en ella, decidido a dormir al niño antes de llevarlo con su madre. Se lo puso en el regazo y empezó a moverse adelante y atrás. No estaba muy seguro de cómo se podía dormir a un niño así de despierto, pero hasta hace unos días tampoco había tenido ni idea de cómo cambiar unos pañales y eso ya lo estaba haciendo muy bien.

Katie y Andy habían representado un cambio radical en su vida. Hasta esa misma tarde, cuando había visto la expresión del rostro de Katie, no se había dado cuenta por completo de lo que podía significar perder un hijo. Pero el miedo de Katie había sido palpable y sobrecogedor. De alguna manera le había pasado a él ese miedo. Ahora la comprendía a ella porque había empezado a temerlo él mismo.

Mientras miraba a Andy pensó que no era justo. ¿Qué pasaría si William ganaba la custodia de Andy? Ese mismo niño inocente que tenía en brazos bien podría transformarse en un adulto insensible u duro, como su padre biológico.

En la leve luz del salón, Cooper siguió mirando al niño que tenía en brazos. No iba a permitir que Andy terminara en manos de ese tipo.

De eso nada.

Siguió acunándolo y se lo echó sobre el hombro, con lo que sintió la cálida respiración del niño y el latir de su corazón. Una vida. Así de simple. ¿Cómo podía no haberlo visto antes?

El niño pareció querer dormirse, por lo que Cooper empezó a tararear. No conocía ninguna canción de Gershwin, pero sí muchas de Sam Cooke. Cerró los ojos y empezó a cantar en voz baja con su voz de barítono.

Para cuando terminó con el segundo estribillo, el niño ya estaba dormido, pero él siguió cantando, por si acaso y porque no le gustaba dejar algo sin terminar. Seguía teniendo los ojos cerrados y con una de las manos sujetaba al niño por el trasero. Algún día, Andy sería tan grande como él, pero ahora era de lo más pequeño.

Cuando terminó la canción, Cooper abrió los ojos y fue a levantarse de la mecedora. Su intención había sido dejar a Andy en la cama, al lado de su madre, pero entonces se dio cuenta de que Katie estaba despierta y, evidentemente, llevaba algún tiempo así. Estaba sentada en la cama, con las piernas dobladas delante y se las rodeaba con los brazos. Lo único que se le ocurrió a Cooper era lo mucho que le apetecía hacer el amor con ella.

Sin pensar en que lo había pillado en un momento en el que no le habría gustado tener testigos, volvió a llevarse a Andy al salón, lo dejó sobre su manta en el suelo y luego volvió al dormitorio, entró en él y dejó la puerta entornada. Luego miró a Katie mientras se acercaba a ella, pero no dijo nada cuando se tumbó también en la cama. Luego la tomó en sus brazos y la besó.

No fue el beso exigente que se había imaginado que sería, sino que rozó sus labios con los de ella una vez, dos, tres, antes de hundir la cabeza en la suave piel de su garganta. Luego se quitó la camiseta y la volvió a besar.

—Cooper —susurró ella cuando se apartaron—. No podemos hacer esto. Una vez ya fue un error. Dos puede ser...

—Shhh. Ahora estás soñando. Limítate a soñar.

Luego la volvió a besar otra vez.

Ella le devolvió el beso pero luego se volvió a apartar.

—No creo que esto sea un sueño —dijo suavemente—. Mis sueños nunca me han hecho sentir tan bien.

–De acuerdo, no es un sueño.

–Cooper...

–Shhh. Estoy tratando de hacerte cambiar de opinión.

Ella suspiró cuando él le abarcó un seno con la mano.

–¿Sobre qué?

Cooper siguió acariciándole el seno y no respondió a su pregunta.

–Oh –murmuró ella suspirando–. Oh, Cooper...

Entonces él le quitó la camisa y la tiró al suelo. Inmediatamente después, le quitó también el sujetador y apretó la cara entre sus senos y le abarcó cada uno con una mano, acariciándoselos y saboreándolos hasta que Katie pensó que se iba a volver loca de deseo.

Porque continuar era una locura y lo sabía. Pero de alguna manera no se le ocurría ninguna manera de detenerlo. Simplemente porque no quería hacerlo. Hacer el amor otra vez con Cooper seguramente sería la mayor estupidez que pudiera hacer. Pero también podía ser la última oportunidad que tenía de experimentar semejante alegría.

Al día siguiente Andy y ella se marcharían. En aquel momento, Katie deseaba amarlo por lo que era y nada más.

Entrelazó los dedos en el cabello y lo hizo acercarse, abriéndose a lo que él deseaba muy evidentemente. Cooper abrió la boca sobre la punta de uno de sus senos, lamiendo y chupando mientras le acariciaba los costados con las manos.

Luego ella sintió esas manos en la cintura, desabrochándole los vaqueros. Katie lo ayudó y se quitó lo que le quedaba de ropa. Pronto estuvo bajo él, desnuda. Cooper empezó a tratar de quitarse su ropa, pero sus movimientos sólo consiguieron excitar más a Katie, por lo que ella le tomó la mano y se la guió hacia esa parte suya que exigía más atenciones.

Cooper obedeció y hundió sus dedos en esa parte cálida y húmeda. Sus movimientos eran lentos unas veces, otras rápidos. Y gradualmente Katie empezó a sentir que perdía el control por completo. Se agitaba contra esa mano sabia, agarrándole la muñeca con las dos manos, como tratando de aprisionarlo allí donde estaba para siempre. Y entonces se quedó muy quieta y rígida por un momento para que luego un fuerte estremecimiento la recorriera todo el cuerpo. Después de eso, se colapsó y entrelazó las piernas con las de Cooper.

Él estaba de lo más excitado sobre ella. Katie podía sentir cada centímetro de él lleno de vida, ansioso por continuar. Por un momento más se limitó a permanecer bajo él, disfrutando de su peso, su calor, su vida. Luego le soltó las manos y terminó de desnudarlo.

Cooper se apartó lo suficiente como para desprenderse de la ropa y luego se volvió a juntar con ella, para a continuación encajarse fácilmente en su interior.

–Me encantaría poner otro niño en tu interior –susurró él–. Ver como te crece la barriga, oír su primer latido del corazón, la primera patada. He sido testigo de un nacimiento Katie, ahora quisiera ser testigo también del principio de la vida.

Ella abrió la boca para preguntarle cuál era la diferencia y por qué quería crear un lazo que los ataría para siempre. Pero entonces él empujó y ella se vio sobrepasada por las sensaciones que la asaltaron. Cooper se salió por un momento y luego volvió a introducirse de nuevo.

Después de eso, Katie apenas pudo pensar. Cuando Cooper entró en ella fue como si ella se transformara en un ser nuevo por completo. Como si la unión de los dos los hiciera uno solo y completo. Juntos subieron por una escalada de ritmo hasta que, por fin, llegaron a la cima y gritaron al unísono.

Katie fue la primera en recuperarse y su cuerpo se desparramó sobre la cama mientras murmuraba algo ininteligible. Cooper cayó a su lado, también agotado.

Cuando ella se durmió, Cooper se quedó mirándola durante un largo rato. Por primera vez desde que se conocían, ella parecía haberse olvidado por completo de sus problemas. Por primera vez parecía estar en paz.

Cooper sonrió. Sabía como se sentía ella.

Luego se acercó a ella y la abrazó por la cintura.

Pensó que al día siguiente volverían a hablar. Le ofrecería de nuevo que se casara con él. Entonces podría ser sincero sobre las razones por las que quería que se quedaran con él para siempre.

Entonces las cosas serían diferentes entre ellos.

Katie estaba sonriendo cuando se despertó y comprendió por qué inmediatamente. Cooper todavía estaba tumbado a su lado, muy pegado a ella. Afuera oía los ruidos que hacía su hijo para indicar que tenía hambre. Todavía estaba oscuro fuera y una leve y cálida brisa agitaba las cortinas en las ventanas abiertas.

Pensó entonces que una mujer debería despertarse siempre así. Tal vez algún día ella lo haría.

Se apartó de Cooper sin querer despertarlo, pero quería ver a su hijo. Salió al salón y lo tomó en brazos para darle de mamar. Afuera oyó el motor de un coche que pasaba y recordó sus tiempos en Las Vegas, cuando tenía que levantarse a aquellas horas para ir a trabajar, ¡qué tiempos!

Oyó otro coche que se acercaba, pero esta vez pareció como si se detuviera en esa calle. Y además apagó el motor. Eso la extrañó, así que miró por la ventana.

Entonces casi se le paró el corazón y se despertó del todo.

Era un Jaguar negro con las ventanas tintadas, exactamente como el de William. No, no como el de William, era el de William. Katie lo conocería en cualquier parte.

Andy había terminado de desayunar y se había vuelto a dormir en sus brazos. Katie sólo pudo quedarse allí sentada, inmóvil y mirándolo. Por un momento no tuvo ni idea de qué hacer, luego su cerebro entró en acción.

¿Cómo podía haberla encontrado William? ¿Quién le había dicho que estaba allí? Ya sabía que él era muy capaz de ejercer la violencia, ¿significaba eso que le haría daño? ¿Le haría daño a su hijo? ¿A Cooper?

Cooper.

De repente se le ocurrió que debía haber sido él quien le había dicho a William donde estaba, sólo él lo sabía. Ella llevaba meses ocultando las pistas. Hasta que había ido a casa de Cooper, entonces se había relajado. Se había permitido confiar en él, había dejado que él pensara por los dos.

Entonces recordó la forma providencial en que él había aparecido la noche que dio a luz y las sospechas que había tenido al principio de que había sido William el que lo había enviado para asegurarse de que su hijo nacía bien.

¿Habría ido a ver a William? ¿La habría estado vigilando durante toda esa semana mientras William hacía planes para quedarse con su hijo? Esa ridícula charla acerca del matrimonio que habían tenido. ¿Habría sido una táctica para mantenerla entretenida mientras William apretaba el lazo alrededor de su cuello?

¿O estaba Cooper tratando de ayudarlos sinceramente a ella y a su hijo?

No podía creerse del todo que él estuviera trabajando para William, a pesar de la evidencia que había ahí fuera. Se dijo que Cooper no podía tener nada que ver con esa aparición.

Pero entre tantas dudas, no se podía arriesgar, así que, todo lo silenciosamente que pudo, recogió sus cosas.

Cooper seguía dormido y tenía un aspecto tan inocente...

Como el que había tenido William en su momento.

De vuelta en el salón, se puso unos vaqueros y una camiseta, cerró la bolsa, colocó a Andy en la mochila y se la puso. Luego se dirigió a la cocina y salió por la puerta trasera.

Anduvo por las sombras hasta que estuvo a casi dos kilómetros del apartamento de Cooper. Luego encontró un restaurante abierto las veinticuatro horas y entró. Se instaló en una de las mesas más escondidas y sólo entonces se permitió ponerse a llorar.

Pero seguía sin saber qué hacer.

Capítulo Once

Los golpes en la puerta terminaron de despertar a Cooper.

–¿Katie? –murmuró cuando abrió los ojos y extendió la mano en la cama.

Pero ella no estaba allí.

Cooper volvió a cerrar los ojos cuando recordó que no, que ella no estaba allí. Ya lo había descubierto hacía cinco días, cuando ella había desaparecido sin dejar rastro.

Luego volvió a abrir los ojos cuando siguió oyendo los golpes en la puerta. Se levantó de la cama más cansado que cuando se había acostado, se puso unos vaqueros y vio que eran las nueve. Lo cierto era que sólo había dormido una hora.

Desde el día en que Katie se había marchado había cambiado sus turnos de trabajo para por la noche. Le resultaba más fácil estar solo en su apartamento de día que por la noche y, además, había mucho más trabajo por las noches y eso ayudaba a no pensar en ella y en Andy.

–Ya voy –gritó mientras se dirigía a la puerta.

–¿Qué pasa? –ladró cuando la abrió.

Delante tenía un individuo pequeño, refinadamente vestido y con mucha gomina en el cabello.

–¿Qué quiere? –le preguntó.

–Estoy buscando a Katherine Brennan –dijo el hombre.

–Sí, bueno, lo mismo que mucha más gente. Incluyéndome a mí. ¿Qué quiere de ella?

El hombre sacó una tarjeta de visita que le ofreció.

–Soy Lowell Madison, abogado de William Winslow. Él quiere localizar a su hijo.

Cooper hizo como si leyera la tarjeta y se obligó a no reaccionar demasiado. No sabía cómo Winslow había hecho la conexión entre él y Katie ni si eso tenía algo que ver con la desaparición de ella. Le alivió pensar que, si Winslow supiera dónde estaba ella, ese individuo no habría ido a buscarla allí. Pero eso no cambiaba el hecho de que Katie hubiera desaparecido de su vida. Ni le daba ninguna idea de dónde podía estar.

–¿Y?

–La señorita Brennan es la madre de su hijo y tenemos razones para pensar que usted conoce el paradero de ambos.

Cooper suspiró y trató de recordar las clase de teatro del colegio, deseando no haber hecho novillos tan a menudo. Pero aún así, el profesor le había dicho que tenía un cierto talento para el teatro. Sólo esperaba que le quedara algo de eso después de tantos años.

Se enderezó y miró a Lowell Madison directamente a los ojos.

–Mire. Katie tiene un hijo, sí. Pero yo soy el padre de la criatura –dijo devolviéndole la tarjeta–. No sé quien ese tal Winslow, pero... si piensa que Andy es su hijo, se equivoca. Lo siento.

–Pero...

–De todas formas, eso no tiene importancia, ya que Katie se marchó con Andy hace algunos días y no sé dónde está.

El abogado permaneció en silencio por un momento, sin que su expresión revelara sus pensamientos, pero no dejó de mirar a Cooper a los ojos. Finalmente, dijo:

–Puede ser culpable de un rapto entonces.

–Es su hijo, así que ¿cómo lo va a raptar? Mire, esto ya nos ha pasado anteriormente. Katie y yo discutimos a veces y ella se va de casa una temporada. Ahora que tenemos a Andy, se lo ha llevado, pero siempre vuelve y nos reconciliamos. Tal vez no seamos un modelo de armonía doméstica, pero lo hacemos lo mejor que podemos. Y, de todas formas, esto no es asunto suyo.

Madison pareció pensativo unos momentos más.

–Sí que es asunto mío, señor Dugan. El señor Winslow me ha contratado para asegurarse de que su hijo le sea devuelto.

–Bueno, entonces espero que lo encuentre –lo interrumpió Cooper–. Katie y Andy son mi familia y no veo dónde puede encajar su cliente.

–El señor Winslow y la señorita Brennan tuvieron una relación romántica hace algún tiempo y esa unión produjo un hijo que...

–Oh, ahora ya sé de lo que me está hablando. Ese es el tipo que Katie conoció en Las Vegas no mucho después de que nos conociéramos. El tipo rico y casado, ¿no? El que no paraba de perseguirla diciéndole eso tan famoso de que su esposa no lo comprendía y que le hizo toda clase de promesas si se acostaba con él, ¿no es él? Ella solía hablarme de él y de lo pesado que se ponía.

–Señor Dugan, no creo...

–Me contaba como iba a donde ella trabajaba de camarera y la molestaba insistentemente. Discretamente, por supuesto, para que nadie sospechara nada...

–Señor Dugan...

–También me contó las exigencias sexuales que quería a cambio de dinero y joyas.

–Mire, señor Dugan, usted sabe...

–Incluso llegó a ofrecerle dinero por su hijo cuando supo que estaba embarazada.

Cooper se quedó pasmado de su propia inventiva. No tenía ni idea de dónde había salido aquello, pero una vez soltado, sólo le quedaba adornarlo lo suficiente.

–¿Se lo imagina? –continuó–. Ese tipo no era más que un cerdo inmoral que estaba tratando de comprarse un hijo. Eso es ilegal, ¿no?

Finalmente el abogado pareció interesarse en lo que estaba diciendo Cooper. Su expresión cambió de una de aburrimiento a otra de especulación.

–Sí, Katie y yo podemos haber apresurado un poco nuestra relación –continuó Cooper–. Y puede que la noche en que Andy fue concebido no tomáramos precauciones. Pero con el calor de la acción, ya sabe.

Cooper lo miró fijamente y añadió:

–Bueno, tal vez no, pero somos seres humanos y de sangre caliente, muy opuestos a los reptiles como ustedes.

Madison le dedicó una mirada llena de veneno, pero no dijo nada.

–Así que Andy fue un poco... no planeado y a Katie le entró un poco de pánico cuando descubrió que se había quedado embarazada. No me lo dijo inmediatamente, ya sabe. Creo que se le escapó un día mientras trataba de librarse de Winslow. Cuando me dijo que realmente él le había ofrecido dinero por nuestro hijo porque su esposa no podía tenerlos... Bueno, creo que le hubiera

128

partido la boca a ese tipo. Es sorprendente el comportamiento de alguna gente y de lo que son capaces, ¿no? Y eso que parece ser que el tipo es un padre de la patria y un notable pilar de la sociedad, ¿no?

Madison continuó en silencio y parecía pensativo. Cooper como si estuviera haciendo el papel de su vida y, orgulloso de su vívida imaginación, continuó con su discurso.

–¿Se imagina el efecto que podría surtir semejante escándalo si saliera a la luz? ¿Y lo que haría la prensa si se oliera que un tipejo como ése trató primero de seducir a una chica inocente como Katie y, por si fuera poco, luego tratara de comprarle el hijo que había concebido con el hombre al que amaba realmente? Vaya, vaya... La verdad es que ese tal Winslow es un hijo de mala madre con suerte. Yo le habría partido la boca sólo por la forma en que estuvo persiguiendo a Katie.

Miró fijamente al abogado, esperando parecer suficientemente amenazador y luego añadió:

–Y se la seguiría partiendo ahora si me encuentro con él alguna vez. ¿Sabe lo que quiero decir?

Lowell Madison lo miró por un momento. Estaba claro que no se había creído nada de todo aquello y que no se sentía nada amenazado, pero ya no parecía tan seguro ante semejante giro de la situación. Finalmente, le preguntó:

–¿Me está diciendo que es usted el padre biológico del niño?

Cooper asintió.

–Sí. Eso es lo que dice en su certificado de nacimiento. Yo soy el único padre que ha conocido ese niño.

–¿Y está dispuesto a declarar eso en un juicio?

–Claro. Ésta es mi historia y me voy a mantener en ella.

–Vamos a ver si he entendido esto correctamente, señor Dugan...

–Tómese el tiempo que necesite, Lowell.

–Su testimonio es que usted conoció a la señorita Brennan en Las Vegas y, después de un breve y turbulento romance, ella se quedó embarazada. Poco después de eso, ella conoció a mi cliente, el señor Winslow, que primero se acercó a ella con propósitos sexuales maliciosos y, cuando descubrió que estaba embarazada... y soltera, le ofreció comprarle el hijo porque su esposa era estéril.

Cooper asintió.

–Sí, ese es mi testimonio. Y puede añadirle esto: Por suerte, Katie tenía una moralidad mucho más fuerte que la que posee su cliente. Lo mismo que yo. Cuando ella me dijo que estaba embarazada, yo le dije que debíamos casarnos, pero ella no estaba segura de que fuera acertado, pero estuvo de acuerdo en vivir conmigo un año para ver cómo nos iba. Para serle sincero, Lowell, hemos tenido nuestros altibajos. Pero ¿qué pareja no los tiene? Pero creo que ella está entrando en razón. Quiere lo mejor para Andy, lo mismo que yo, así que es seguro que acabaremos casándonos en un futuro no muy lejano y tendremos una muy feliz vida conyugal juntos.

Madison agitó la cabeza casi imperceptiblemente.

–¿De verdad que se va a poner delante de un juez y le va a decir que eso es la verdad?

–Como ya le he dicho, ésta es mi historia y me voy a atener a ella.

–Ya veo.

–Muy bien.

–Entonces, supongo que el señor Winslow y yo nos veremos con usted y la señorita Brennan en el juzgado.

–Perfecto, háganos saber dónde y cuándo. Oh, claro, eso si la puede encontrar.

–La encontraremos.

Cooper se llevó una mano a la cara y luego se rascó el pecho negligentemente.

–Sí, bueno, cuando lo haga, ¿podría decirle que traiga unos huevos, leche y una hogaza de pan? Se nos están acabando las provisiones.

Estaba claro que Lowell Madison no le vio la gracia a aquello. Así que Cooper sonrió esperando que eso le mostrara a ese tipo lo seriamente que se estaba tomando su amenaza.

–Señor Dugan, por muy entretenida que sea, sé perfectamente que se ha inventado toda esta historia. El señor Winslow volvió a la casa que compartió con la señorita Brennan después de un viaje de negocios y allí, en la cesta de la basura, se encontró con una camiseta de hombre manchada de sangre. Estaba claro que esa sangre no era producto de ningún homicidio y que la camiseta en cuestión debió pertenecer al que hubiera ayudado a dar a luz a su hijo durante la tormenta de nieve.

Cooper apretó la mandíbula, pero no dijo nada.

–El señor Winslow descubrió también que la cuenta corriente que había abierto a nombre de la señorita Brennan había sido... limpiada, por la misma señorita Brennan. Pero allí se acabaran las pistas. Hasta que investigamos un poco y descubrimos que es usted el enfermero que la ayudó a dar a luz. Lo encontramos a usted buscando en todos los hospitales de Philadelphia hasta que localizamos aquel donde la señorita Brennan registró a su hijo. Buscando un poco más, llegamos hasta su casa.

Cooper entornó los párpados.

–Oh, muy bien, si es usted tan listo, entonces seguramente sabrá que la señorita Brennan me inscribió a mí como el padre de la criatura.

–Sí, lo sabemos también. Pero una sencilla prueba de paternidad demostrará que no es así.

Cooper asintió.

–Sí, pero ¿qué juez va a ordenar una cuando yo estoy completamente deseoso de aceptar esa paternidad? Esas cosas sólo entran en juego cuando un tipo trata de escaparse de sus responsabilidades, pero es que yo no lo estoy haciendo. Mire, Lowell, la cosa sucedió así. Katie y yo tuvimos una pelea el día antes de que Andy naciera y ella se fue a la casa de Winslow en Chestnut Hill pensando que eso me haría enfadar lo suficiente como para ir a buscarla. Sí, así es. Y resulta que funcionó, porque la fui a buscar. Winslow no estaba en casa, pero nos pilló allí la tormenta, así que nos metimos en la casa para resguardarnos de la nieve. La puerta principal estaba forzada, ¿no es así? Como si alguien hubiera roto el picaporte con un botiquín muy pesado. ¿A que sí?

Lowell Madison asintió levemente.

Cooper sonrió.

–Así que Katie y yo entramos y Andy nació allí. Yo llamé a una ambulancia a la mañana siguiente y llegamos juntos al hospital. Luego Katie rellenó todos los impresos necesarios con los datos requeridos, incluyendo el nombre del padre, aquí presente, en el certificado de nacimiento de Andy.

Cooper calló por un momento, tratando de recordar si se había dejado algún cabo suelto. Satisfecho con el buen trabajo que había llevado a cabo desarrollando ese cuento, miró de nuevo a los ojos a Madison.

–Le desafío a que demuestre lo contrario –añadió–. Es cierto que algunos detalles los tengo un poco borrosos en la memoria, pero para cuando vayamos a juicio, le garantizo que van a estar más claros que el agua. Es mi palabra y la de Katie contra la de Winslow. Puede que él sea un tipo muy poderoso, rico y con influencias; capaz de engañar a todo el sistema judicial. Pero según ese sistema, usted tendrá que demostrar más allá de cualquier duda razonable que Andy no es de Katie y mío. Las dos personas que más lo aman en el mundo y que lo podrán cuidar mejor que nadie. ¿Cree que puede hacer eso, Lowell? Porque Winslow no va a poder engañar a un jurado de gente normal, como Katie y yo, un jurado que, seguramente, tendrá la misma animadversión que todo el mundo hacia los tramposos ricos como Winslow.

En vez de responder directamente a esa pregunta, Madison le hizo otra.

–¿Quiere usted criar al hijo de otro hombre como si fuera el suyo?

Por supuesto que Cooper estaba dispuesto a eso, pero no se lo iba a decir a ese reptil.

–Andy no es el hijo de otro hombre. Es mío.

Lowell Madison pareció pensativo por un momento, luego se volvió a meter en el bolsillo la tarjeta de visita y dijo:

–Bueno, entonces señor Dugan, supongo que los dos tenemos un evidente interés en encontrar a la señorita Brennan y a su hijo.

Cooper asintió lentamente.

–Sí, eso supongo.

Cuando se hubo marchado el abogado Cooper

volvió a su habitación y, como siempre, casi se tropezó con la mecedora. Entonces se dio una palmada en la frente. Por supuesto. ¿Cómo podía haber sido tan estúpido? Por suerte para él, sabía dónde podían estar Katie y Andy. Y, afortunadamente para todos ellos, podía estar allí en un momento.

–Conrad, sé que Katie y Andy están ahí, así que déjalo.

–Ella me ha dicho que no quiere verte.

–Mala suerte porque no me voy a ir hasta que no hable con ella.

Cooper y Conrad Di Stefano se miraron a los ojos en la entrada de la casa de los Di Stefano. Los dos estaban procurando el bienestar y la seguridad de Katie, pero ninguno iba a ceder.

–No estoy bromeando, Conrad –continuó–. No me voy a ir hasta que no hable con Katie.

–Como ya te he dicho, Katie no te quiere ver.

–Te puedes quedar con nosotros mientras hablamos, maldita sea. No voy a hacerle nada malo. Sólo quiero hablar con ella.

Conrad lo miró fijamente, pero se relajó un poco.

–Mira, le he dicho que, probablemente pueda confiar en ti. No pareces mala persona. Pero ella me ha dicho que no puede confiar en nadie más que en Ginny y en mí.

Cooper apretó la mandíbula. Hubo un tiempo en que Katie no confiaba en nadie salvo en él. ¿Qué había pasado para que eso cambiara?

Conrad se estiró todo lo grande que era.

–Y yo no traiciono la confianza de nadie.

Cooper se estiró también.

–Yo tampoco.

Los dos hombres siguieron con su duelo silencioso hasta que un leve movimiento detrás de Conrad le llamó la atención a Cooper. Katie asomó la cabeza por la puerta y miró a Cooper fijamente.

–Hola –dijo ella suavemente.

–Hola. ¿Podemos hablar?

Ella le puso una mano en el brazo a Conrad y el gigante se apartó un poco.

–Está bien, Conrad, hablaré con él.

Conrad asintió, pero no se marchó.

–¿Puedo entrar? –preguntó Cooper.

Ella agitó la cabeza.

–No, saldré yo.

–¿Dónde está Andy?

Ella lo miró indecisa por un momento.

–Con Ginny.

Cuando se apartaron un poco de Conrad, Cooper le dijo:

–Tienes buen aspecto. Más descansada. Más relajada. Como si estuvieras comiendo y durmiendo bien.

Ella sonrió.

–Ginny es una gran cocinera. Si me quedo más tiempo aquí no me voy a poder levantar de la mesa. Esa mujer no me deja hacer nada para ayudarla con la casa. Lo único que me permite hacer es quedarme sentada en el sofá con Andy viendo películas en el vídeo. Y, por supuesto, me da de comer a cada hora.

–Katie, yo...

–Cooper, yo...

Los dos hablaron a la vez y luego se miraron y se rieron.

–Tú primero –volvieron a decir a la vez y se rieron de nuevo.

–No, tú –dijo Cooper por fin.

Ella dudó un momento y luego dijo suavemente:

–Siento haberme marchado de esa manera.

–Y yo. ¿Por qué lo hiciste?

–Porque William fue a tu casa esa mañana.

La expresión de él fue como si le hubieran dado un puñetazo.

–¿Qué?

Ella asintió y se miró las manos.

–Me levanté para darle de comer a Andy y vi el coche de William aparcado afuera.

–¿Cómo sabes que era su coche?

–Lo sé.

–¿Lo viste?

Katie agitó la cabeza.

–No. Pero sé que estaba allí. No salió del coche, estaba allí sentado, observando el apartamento. Era como si supiera que yo lo estaba mirando.

–Pero si estaba afuera, ¿por qué no llamó a la puerta?

–No lo sé. Me imaginé que estaba esperando a que yo saliera con Andy. O que estaba esperando a que tú te marcharas para luego venir a por nosotros.

–O te imaginaste que, tal vez, Winslow y yo estábamos juntos en esto –añadió él–. Y que sólo estaba esperando a que me llevara a él. Eso fue lo que pensaste, ¿no?

En vez de responder directamente a su pregunta, ella le dijo:

–Realmente no me paré a pensar. Me limité a tomar a Andy y marcharme.

–Sin decírmelo.

Ella asintió en silencio.

–Porque pensaste que fui yo el que le había dicho donde estabas.

Se produjo un momento de silencio y ella volvió a asentir.

–Sí, tal vez. No lo sabía con seguridad, pero no podía arriesgarme.

–Katie, no fui yo. Yo no le dije a Winslow donde encontrarte. ¿Cómo pudiste creerme capaz de algo así?

Ella volvió a bajar la mirada, incapaz de mirarle a los ojos.

–¿Cómo podía saber yo con seguridad de lo que eras capaz? Tú eras el único que sabías donde estaba. ¿Quién más podía haber sido?

–Oh, claro, yo y todos los vecinos. Y cualquier otro que te hubiera visto entrar y salir. ¿Y el abogado al que fuiste a ver? ¿Y el conductor del autobús? ¿Y los Di Stefano? ¿Cómo sabes que no fue Conrad el que te denunció a tu marido?

–No seas ridículo. Conrad no podía ser.

–Pero yo sí, ¿no?

Ella se quedó en silencio un momento.

–¿Qué pasa con la noche en que nació Andy?

–Eso, ¿qué pasa?

–Apareciste en el momento más oportuno, Cooper. Justo a tiempo. ¿Cómo podía saber yo si William no te había contratado por si Andy nacía prematuramente? ¿Cómo sé que no te ha estado pagando desde hace meses? ¿Cómo sé que no estás ahora para controlarme hasta que los abogados de William no lo tengan todo preparado?

Cooper agitó la cabeza con una expresión de incredulidad.

–Ya te lo dije. El que yo apareciera esa noche fue una casualidad.

–Vaya una casualidad. Mira, Cooper, la verdad es que cuando William apareció en tu casa no pensé que trabajaras para él. Pero no podía saberlo con seguridad. Y no podía arriesgar el bienestar de Andy.

–No podías confiar en mí.

Katie agitó la cabeza lentamente.

–No.

–¿Y ahora?

–¿Qué quieres decir?

–¿Confías en mí ahora? ¿Confías lo suficiente como para volver conmigo a mi casa? ¿Lo suficiente como para saber que nunca te venderé a Winslow y sus lacayos? ¿Lo suficiente como para saber que haré lo que sea para manteneros a salvo a Andy y a ti?

–Yo... no lo sé.

–¿Vendrás a casa conmigo, Katie?

Ella lo miró por un largo instante y se dijo a sí misma que no podía creerlo capaz de hacer algo en contra de ella o de su hijo. Se dijo a sí misma que le estaba diciendo la verdad y que Andy y ella estarían perfectamente a salvo mientras estuvieran con Cooper.

Entonces se dijo también que la confianza era un lujo que no se podía permitir en esos momentos. No mientras el bienestar de su hijo estuviera en juego.

Finalmente, de mala gana, agitó la cabeza y vio que Cooper se desinflaba como si se hubiera quedado sin esperanzas.

–Lo siento, Cooper. Pero creo que me voy a quedar aquí.

Él asintió y apretó la mandíbula, pero no la volvió a mirar.

–Sí, bueno, ten cuidado porque Winslow ha mandado a uno de sus mensajeros a mi casa hoy. Un tipo llamado Lowell Madison.

El corazón le dio un salto a Katie. Conocía a ese hombre. Era uno de los pocos asociados de William que había conocido. No era un tipo muy agradable, pero era efectivo. El hecho de que Cooper lo mencionara podía verificar dos cosas. O le estaba diciendo la verdad y William lo había mandado al apartamento de él para ver si ella estaba allí, o Cooper ya conocía de antes a Madison y eso confirmaría que trabajaba para William.

–¿Cómo... cómo supo dónde encontrarme?

Cooper se frotó la mandíbula.

–Winslow encontró mi camiseta manchada de sangre en su casa y se imaginó que Andy había nacido allí. También pensó que tú debías haber ido a un hospital, así que los investigó hasta que descubrió aquel donde estuviste y registraste a Andy. Alguien le debió decir que fui yo el que llegó contigo y luego me buscaron a mí.

Katie tragó saliva. Quería creerlo. Lo quería de verdad.

–¿Qué... qué le dijiste a Lowell de mí? ¿De Andy? ¿De nosotros?

Cooper se rió sin humor.

–Le dije que yo era el padre de Andy. Que tú y yo llevábamos meses viviendo juntos. Que si Winslow trataba de quitarte a Andy iríamos a juicio y que yo juraría sobre cualquier cosa que Andy y tú sois mi familia. La mía.

Entonces él la miró directamente a la cara.

–Eso es lo que le dije de nosotros. Es la verdad, Katie. Si te lo crees o no, eso es cosa tuya.

Luego empezó a alejarse, pero un momento después se detuvo y se volvió de nuevo.

–Yo nunca haría nada que os causara daño a Andy o a ti. Lucharía hasta la muerte antes de permitir que alguien os pusiera la mano encima. Creía que, después de todo lo que hemos... Pensé que ya te habrías dado cuenta de eso por ti misma en estos momentos. Pero me imagino que me equivocaba.

Luego se volvió de nuevo y Katie lo vio alejarse hacia su coche y siguió allí hasta que desapareció tras una esquina.

La confianza era algo precioso y precario, se dijo a sí misma. No había que darla nunca a la ligera. Y tampoco había que aceptarla nunca a la ligera. Ella había acudido a Cooper principalmente porque había estado segura de que él era la única persona en la que podía confiar. ¿Cómo y por qué había olvidado eso?

Se dijo a sí misma que todavía era posible que Cooper se parara en la próxima cabina de teléfonos para llamar a William y decirle donde estaban Andy y ella. O bien podía volver a su casa, solo. Tenía que tomar una decisión y, cualquier duda por su parte podía tener resultados funestos.

Si elegía mal, podía perder a su hijo. O podía mantener a su hijo y perder a Cooper. O, tal vez, si hacía lo correcto, podía tenerlos a los dos para siempre. Pero si hacía algo equivocado, podía quedarse más sola de lo que había estado en toda su vida. Las apuestas eran muy grandes en ese juego, eso era seguro. Pero, si ganaba, le esperaba el premio gordo.

Si ganaba...

Capítulo Doce

A Katie no le sorprendió encontrar a Cooper en casa cuando apareció por allí una hora más tarde. Ni tampoco que él pareciera seguir enfadado con ella. Lo que sí la sorprendió fue el que pareciera tan cansado.

No lo había notado en casa de los Di Stefano porque había intentado no mirarlo, pero ahora se daba cuenta de que parecía que llevaba muchas noches sin dormir.

–¿Sigues hablándome? –le preguntó.

Él la miró un poco menos enfadado, pero parecía como ansioso por algo.

–Claro que te sigo hablando.

–¿Puedo entrar?

Él se apartó inmediatamente de la puerta.

–Por supuesto. Pero es que no estaba muy seguro de que tú lo quisieras hacer. Me imaginé que podías pensar que William estaba aquí con todos sus abogados, esperando para abalanzarse sobre ti y tu hijo.

Ella se mordió el labio inferior nerviosamente y luego avanzó hacia él.

–No, eso no me preocupa.

–Pero estás preocupada por algo.

Cooper cerró la puerta y se apoyó contra ella, como si tuviera miedo de que ella pudiera cambiar de opinión y salir de su vida de nuevo.

Katie empezó a quitarse la mochila donde llevaba a Andy.

141

–¿Te importa sujetar a Andy unos minutos? Me está doliendo la espalda.

La expresión de él cambió significativamente, reflejando el afecto que sentía por el niño.

–Claro, me haré cargo del pequeño.

Katie le pasó a su hijo y sonrió cuando vio la alegría que lo embargó entonces. Cooper se lo echó sobre el pecho y Andy extendió una mano para apretarle la nariz.

–Me alegro de volverte a ver, chico –dijo él–. La casa no ha sido lo mismo sin ti. Y sin tu madre.

Antes de que Katie pudiera responder, Andy levantó una mano y le dio con ella en la mejilla a Cooper, gesto al que él respondió dándole un beso en la frente.

–Sí, este sitio ha estado demasiado tranquilo sin ti y tu madre. Nada de canciones de jazz por las tardes, nada de lloros hambrientos a todas horas, nada de salpicaduras en el baño, ni ridículas charlas de niños, nada de Gershwin por las noches. Nada de diversión –dijo mirando a Katie–. Me alegro de volveros a tener aquí. Porque habéis vuelto para quedaros, ¿no? espero que sea para eso.

A Katie se le agitó el corazón. ¿Cómo era posible que hubiera dudado de Cooper? ¿Que hubiera pensado que él pudiera hacerles algo malo a ella y a su hijo? Él no tenía nada en común con William. No se podían comparar.

Sabía que podía confiar en Cooper. No sabía cómo podía haber olvidado eso, pero no iba a volver a suceder.

Cooper se sentó en el sofá acomodando bien al niño en su regazo para mantenerlo cara a cara con él.

–Tienes buen aspecto, chico –le dijo al niño–.

Creo que has crecido y has ganado peso desde que tu madre y tú me abandonasteis.

–Cooper, siento eso. Yo...

–No te disculpes –respondió él sin dejar de mirar al niño–. Lo hiciste pensando en Andy. Seguramente yo habría hecho lo mismo si estuviera en tu lugar.

–No, tú no lo habrías hecho.

Él la miró, pero no dijo nada. Katie se sentó entonces a su lado en el sofá.

–Tú habrías confiado en mí –añadió Katie–. A pesar de haberte criado en una situación en la que tenías todas las razones para desconfiar de la gente y apartarte de ella, tú habrías confiado en mí. No te habrías separado de Andy y de mí.

Él siguió mirándola en silencio.

–Eso es lo que te hace tan... Tan digno de confianza, Cooper. Hay una clase de decencia innata en ti que ninguna clase de mala experiencia vital ha podido quitarte. William viene de una clase social privilegiada y presenta una fachada perfectamente respetable, pero aún así, ha hecho cosas espantosas. Pero tú... tú, eres un tipo de lo más cariñoso. Pero yo fui demasiado idiota y estaba demasiado asustada como para verlo.

Katie se acercó entonces y, con una mano le acarició la mejilla a su hijo y con la otra a Cooper. Luego se acercó y le dio un beso en la mejilla.

En vez de apartarse, como ella casi se habría esperado, Cooper se acercó a ella y la besó en la boca apasionadamente. Después se apartó y, mientras seguía sujetando a Andy con un brazo, el otro se lo pasó a ella por la espalda y la volvió a besar.

El beso duró mucho esta vez. Le recorrió el contorno de la boca con la lengua y le mordisqueó el labio inferior.

En ese momento, un leve gemido de Andy los interrumpió. Se apartaron los dos al mismo tiempo, sonriendo y tratando con dificultades de calmar su agitada respiración, pero Cooper siguió abrazándola y ella continuó con la mano en su mejilla.

–No sé cómo puedo haber dudado de ti –dijo ella suavemente–. Supongo que me volví un poco loca durante un tiempo.

–Yo me volví loco desde el mismo día en que te conocí.

Luego Cooper se rió y ella lo acompañó.

–Sí, bueno, dadas las circunstancias...

–Supongo que la mayoría de la gente se conoce de maneras más tradicionales. Como yendo a cenar o al cine o, por lo menos, averiguando unas pocas cosas el uno del otro, antes de traer juntos un niño al mundo.

–Bueno, ¿quiénes somos nosotros para seguir las tradiciones?

–Yo no he sido nunca muy tradicional, precisamente.

–Entonces supongo que vamos a tener que empezar a crear unas pocas tradiciones particulares.

En el mismo momento en que Katie dijo eso se arrepintió y pensó que estaba dando por hecho cosas que no debía. Sí, ciertamente Copper y ella estaban empezando a construirse algo muy especial. Pero todavía no habían hablado nada de amor para siempre ni cosas así. Y todavía quedaba el asuntillo de William por arreglar.

–Lo siento –dijo ella–. No he querido...

–Katie. No te disculpes.

–Pero no he querido que pareciera... Como si ya te hubiera clasificado como un posible buen marido.

144

–Eso es lo que me ha parecido a mí también.

–Lo siento, yo...

–Y ¿qué tiene eso de desagradable?

–¿Qué quieres decir? –le preguntó ella, sorprendida al ver que él no parecía molesto.

–Que ¿qué tiene de malo que me veas como marido y padre?

–Bueno, es sólo que... No creía que tú lo quisieras ser.

Él agitó la cabeza y se rió una vez más.

–Ya te lo dije antes, Katie y te lo voy a repetir. Yo soy el padre legal de Andrew. Lo pone en su certificado de nacimiento.

–Pero...

–Hey, incluso recuerdo la noche en que fue concebido y se la describiré encantado con todos los detalles a cualquier juzgado del país.

–Pero Cooper...

–Era verano en Nevada –continuó él sin que ella lo pudiera evitar–, y yo estaba por allí porque es un sitio que siempre había querido visitar.

–Cooper, no tienes que...

–Y allí conocí a una chica maravillosa. Una camarera preciosa y divertida de la que me enamoré a primera vista. Los dos nos enamoramos. Una noche nos fuimos a dar un paseo en coche. El desierto es un sitio precioso en esa época del año, señoría, y, en un lugar de lo más tranquilo y romántico, aparcamos para disfrutar del escenario. Besé a Katie por primera vez bajo las estrellas. Una cosa llevó a la otra y, bueno... ya sabe lo que pasa, señoría. Nueve meses más tarde, nació mi pequeño hijo.

–Oh, Cooper...

–Así que ya se puede imaginar mi espanto, señoría, cuando el señor Winslow le dijo a Katie que se lo quería comprar en cuanto descubrió que estaba embarazada y era soltera.

Katie abrió la boca para decir algo, pero entonces comprendió lo que estaba diciendo Cooper.

–Cuando él ¿qué?

Cooper asintió y sonrió.

–Si, eso se me ocurrió de repente cuando apareció por aquí ese tal Lowell Madison.

–Creo que será mejor que te expliques un poco más.

Cooper le resumió la conversación con el abogado y luego continuó como si estuviera en un juzgado.

–Ya ve, señoría, tal vez con ese cerebro extraño y psicótico que tiene Winslow, cosa que está muy clara, si anda por ahí queriendo comprar niños, lo mejor sería que fuera al psiquiatra. Es posible que pensara que estaba ayudando a Katie inventándose esa ridícula historia de que ambos habían tenido una relación romántica y diciendo que Andy es suyo. Tal vez se crea que quedándose con el niño está ayudándola a ella a empezar una nueva vida. Pero eso podría ser terrible, señoría. ¿Cómo puede ser responsable de un niño alguien que realmente no lo ama? Un niño tiene que estar con la gente que lo quiera, que lo cuide, que se preocupe de él, ¿no? Porque es el amor lo que hace a los padres, no los cromosomas ni quien estaba allí cuando fue concebido. Lo importante es el amor de los padres. ¿No cree usted eso?

Cooper hizo una leve pausa y siguió mirando a Katie.

–Es por eso, señoría, por lo que estoy dispuesto a actuar como un hombre honorable y hacer lo correcto. Para mí ha llegado el momento de afrontar mis responsabilidades y casarme con la madre de mi hijo. Hey, los quiero, después de todo. Y no podría vivir sin Katie y mi hijo.

Katie no dijo nada porque se dio cuenta, sorprendida, de que Cooper había estado muy en serio cuando le había ofrecido que se casaran. Entonces ella había sabido que eso había sido algo que se le había ocurrido de repente, pero esta vez... esta vez estaba claro que lo había planeado muy seriamente. Ahora tenía toda la intención de llevarlo adelante.

Entonces sintió una mezcla de alivio y terror. Lo que él le estaba sugiriendo era imposible, estaba segura de ello. Todo estaba fundado en la deshonestidad y la mentira y nada bueno podía salir de aquello al final. La enormidad de la mentira la sobrecogió. Como si no fuera suficiente el que él la ofreciera que se casaran y legitimar a Andy como su hijo. Pero él no había dicho que la amara.

Aunque, tal vez, la amara.

—Lo has pensado mucho, ¿no?

—Un poco —respondió él.

—Y ¿cuándo se te ocurrió un plan tan elaborado?

—Cuando estaba hablando con Lowell Madison. Lo que no sé es dónde salió. Tal vez fue el destino que me llenó la cabeza de ideas locas, pero puede funcionar.

—¿Y el matrimonio? ¿Desde hace cuánto que llevas dándole vueltas a esa idea?

—Eso se me ocurrió el día en que volviste de ver a ese abogado. Cuando vi como te cambiaba la cara ante el pensamiento de que podías perder a Andy.

Ella sonrió tristemente.

—Eres un encanto, Cooper. Y te agradezco mucho el gesto. Pero no puedo permitir que hagas esto. No pudo dejar que arruines tu vida con un matrimonio falseado. No eres responsable de Andy y de mí. No hay forma de que yo vaya a...

–Ahí es donde te equivocas, Katie. Soy responsable de Andy y de ti. Lo he sido desde el día en que nació. Tal vez no lo haya demostrado muy bien, pero eso está a punto de cambiar. Llámalo como quieras, pero por mucho que me avergüence admitir que creo en eso... es el destino. Soy responsable de vosotros dos. Más que eso, os amo a los dos.

–Cooper, por favor. No tienes que mentirme. Ya soy mayor...

–No te estoy mintiendo, Katie. Nunca en mi vida he sido más sincero. Bueno, tal vez sea que nunca en mi vida he sido sincero. Hasta ahora. Hasta esto. Teneros aquí a Andy y a ti, aunque haya sido por tan poco tiempo, me ha hecho darme cuenta de lo mucho que me estaba perdiendo. La verdad es que nunca antes me había parado a pensar en lo vacía que es mi vida. De acuerdo, de vez en cuando salvo algunas vidas –continuó él sonriendo–. Pero ¿qué he hecho últimamente para salvar la mía propia? Nada. No hasta que no os acepté en mi casa a Andy y a ti.

–Estabas salvando nuestras vidas, Cooper. No éramos nosotros los que te la estábamos salvando a ti.

–Oh, no. Abriros la puerta fue un gesto puramente egoísta. Créeme. Cuando os vi ahí me di cuenta de lo mucho que os había estado echando de menos desde esa noche y lo mucho que os quería en mi vida, tanto si tú estabas casada con otro o no. Y, desde entonces, Andy y tú me habéis mostrado lo que es realmente importante. Lo que es la diferencia entre existir en un planeta y vivir en él. Y... Supongo que se podría decir que os amos por eso.

–Yo también te amo a ti –dijo ella antes de darse cuenta y, sin pararse a pensar en lo que estaba sintiendo, continuó–. Después de lo que me hizo William pensé que no iba a ser capaz de volver a confiar en nadie. Pero algo en ti, Cooper, me hizo sentir... bien. Lo noté en el mismo momento en que apareciste esa noche en la casa de Chestnut Hill. Era curioso, pero bueno, ¿sabes?

Él asintió en silencio y sonrió.

–Puede que sea el destino –continuó ella–. O, tal vez sea una locura. Pero tienes razón, mi destino está ligado al tuyo. El mío y el de Andy.

–Y ¿qué vamos a hacer al respecto?

Katie suspiró pesadamente.

–No lo sé. Sin tener en cuenta lo que suceda entre nosotros dos, todavía nos tenemos que ocupar de William. De él y de su retorcido sentido de la propiedad, de su ejército de abogados y jueces. Incluso aunque saquemos adelante esa historia tuya, aún cometiendo perjurio... Dímelo tú. ¿Qué vamos a hacer?

Cooper la sonrió sin dudar.

–Nos veremos con él en el juzgado.

–¿Qué quieres decir?

–Quiero decir que William no tiene la menor posibilidad legal siendo yo el que aparece como padre de Andy en el certificado de nacimiento y estando más que deseoso de afirmar mi paternidad bajo juramento.

–Pero no puedo permitir que hagas eso. No puedo permitir que mientas en un juicio. Es ilegal. Es inmoral. Y...

–Katie, no llegaremos tan lejos. A no ser que él quiera producir una situación que no le llevaría a ninguna parte, así que no tendría ningún sentido que nos llevara a juicio. No hay nada que pueda hacer, a no ser que trate de probar con el secuestro directamente.

Katie se puso pálida. Hasta entonces no se le había ocurrido esa posibilidad.

Agarró frenéticamente la pechera de la camisa de Cooper.

—Oh, cielos, Cooper. No lo había pensado. ¿Y si intenta algo así?

Cooper sonrió diabólicamente.

—¿Cooper? —insistió ella—. ¿Por qué me miras así?

—Como te he dicho, lo veremos en los juzgados. Pero no por mucho tiempo porque no tardarán mucho en condenarlo. Luego lo podremos ver mientras se lo llevan a una cárcel de máxima seguridad en el furgón. Te garantizo que hay muchas posibilidades de que se quede allí durante veinte o treinta años.

—¿De qué me estás hablando? ¿Cómo puedes estar tan seguro de que lo atrapen y condenen? Yo creía que era sólo mi palabra contra la suya. Y, aunque lo condenen, ¿por qué lo iban a meter en una cárcel de máxima seguridad?

Cooper la volvió a abrazar.

—Oh, no será por rapto ni nada por el estilo por lo que lo condenen. No tendrá la oportunidad de hacerlo. ¿No te lo dije? Lleva años quedándose con dinero de la empresa. Son más de tres millones de dólares.

—¿Qué?

Cooper asintió vigorosamente.

—¿Te acuerdas de la noche en que te dije que iba a salir y que no me esperaras levantada? ¿Que tenía que ir a ver a alguien?

Katie asintió. ¿Cómo podía olvidarlo? Aquello había sido lo que levantó parte de sus sospechas.

—Bueno, fui a ver a un par de amigos que tengo en la... Bueno, en las fuerzas del orden. Me llamaron ayer y me contaron algunas cosas muy interesantes sobre Winslow.

–¿Como qué?

–Parece ser que él y su empresa han estado vendiéndoles piezas para armas a algunos gobiernos no muy bien vistos por el nuestro y, ya sabes que al Tío Sam le molestan bastante esas cosas. Winslow es uno de los ejecutivos a los que van a detener. El tipo no sólo ha sido un traidor a su país, sino que, además, les ha robado a sus compinches.

Katie sólo pudo quedarse mirándolo por un momento. Luego dijo:

–Insisto. ¿Qué ha hecho?

Cooper sonrió más ampliamente.

–Sí. William Winslow no es el único que tiene amigos en los sitios adecuados. Mis amigos rebuscaron un poco en su pasado y descubrieron unas cuantas cosillas más del tipo en cuestión. Sucede que tu falso marido ha estado sujeto a investigación desde hace algún tiempo y los federales lo van a sacar de la circulación por esto durante mucho, mucho tiempo. Bonito, ¿eh?

Katie no pudo decir nada. Se sentía débil, mareada y maravillosamente. Parecía demasiado simple, demasiado sencillo. Demasiado ordenado. No dudaba ni por un momento que William fuera culpable de todo lo que le había dicho Cooper. Lo que pasaba era que no se podía creer su buena suerte.

–Como te he dicho –continuó Cooper–, se pasará en la cárcel mucho, mucho tiempo. Ciertamente el suficiente como para que Andy se haga adulto y decida por sí mismo lo que hace un buen padre.

Cooper la abrazó de nuevo y la besó cariñosamente, luego miró al niño que tenía en brazos.

–Y yo pretendo ser un muy buen padre para nuestro hijo. Y para todos los demás que podamos tener. Puede que haya tardado un poco en darme cuenta, pero no es la genética de un hombre lo que hace de él un padre, ¿verdad?

Katie sonrió y agitó la cabeza.

–No. Es ese aire de paternidad que tienen algunos tipos y otros no. Tú, Cooper, lo tienes a montones.

–Es una suerte para mí que tú eligieras al tipo adecuado para ser el padre de Andy.

–O, tal vez fuera el destino el que intervino esa noche.

–Y ¿Quién puede discutirle algo al destino?

–Yo no.

–Ni yo tampoco.

Andy eructó sonoramente entonces y ambos lo miraron. El niño sonreía.

Katie se rió.

–Supongo que Andy tampoco quiere discutir con el destino.

–La verdad es que me da la impresión de que él ha sido el destino..

Katie se rió entonces.

–Sí, supongo que sí. De muchas maneras. Gracias, Andy.

El niño respondió con un ruido extraño y una amplia sonrisa.

Katie y Cooper se rieron a la vez y se abrazaron fuertemente. Estaba bien eso de sentirse parte de una familia otra vez, pensó ella. Y él estaba agradecido de haber encontrado una por fin. Y los dos estaban muy seguros de que el futuro sólo contenía la promesa de una feliz vida juntos: Para siempre.

Después de todo, ése era su destino.

Epílogo

–De acuerdo, Andy, estamos listos.

–No, no lo estamos. Me he quedado sin cinta.

–Muy bien, espera un momento a que tu padre cargue de nuevo la cámara. Ahora. ¡No, espera! Todavía no... Muy bien... ¡Ahora! ¡Sopla ya las velas!

–Mamá, ¿quieres dejar de hablarme como si fuera un niño pequeño?

–Lo siento, chico. No quería hacerlo. Pero ya sabes que tu padre y yo queremos tener grabadas estas cosas para el Archivo de Vídeo de la Familia Dugan. Sólo se cumplen trece años una vez en la vida, ¿sabes?

–Gracias a Dios.

–No me hables con ese tono de voz, jovencito.

–Sí ¡deja en paz a mamá, Andy!

–¡Sí, Andy! ¡Deja en paz a mamá!

–¡Sí, no le hables a mamá con ese tono de voz!

–No empecéis a meteros conmigo. Me puedo ocupar de las tres a la vez con una mano atada a la espalda.

–Andy, por favor. Limítate a apagar las velas como te ha dicho tu madre, ¿quieres? Creo que ya lo tengo.

–Bueno, bueno. ¿Papá?

–¿Qué?

–Tienes puesta la tapa del objetivo.

–Ah, vaya. Ya está. Adelante ahora.

–De acuerdo, apartaos todos. Andy va a apagar sus velas de cumpleaños.

–¡Yo lo ayudaré!

–¡Yo también!

–¡Yo también, Andy! ¡Quiero ayudar!

–Tuvisteis que tener tres más, ¿no, mamá? ¿Por qué no me dejasteis como hijo único?

–¡Ejem! Bueno, la verdad, Andy, es que tu padre y yo tenemos que contaros algo a todos.

–Oh, no. La última vez que dijiste eso, Megan apareció seis meses más tarde.

–Sí, ya lo sabemos, pero...

–Oh, mamá... Otro más, no.

–Andy, tu madre y yo creímos que te gustaría. Con tres hermanas, pensamos que te gustaría tener la posibilidad de tener un hermano.

–Papá, debes estar de broma.

–Hey, chico, os ganamos por tres a dos. Esto puede ser el empate.

–Bueno, Andy... parece ser que pueden ser gemelos.

–¡Bien! ¡Mamá va a tener más niños!

–¡Bien! ¡Vamos a tener que mudarnos a una casa más grande!

–¡Bien! ¡Ya no seré más la pequeña!

–¡Gemelos! ¡Mamá! ¡No puedes decirlo en serio! ¿Qué estáis intentando hacer? ¿Batir el récord de Conrad y Ginny?

–¡Hey! No nos metáis en esto a Ginny y a mí.

–Lo siento, Conrad.

–No hay problema, chico.

–Es sólo... ya sabes... ¿seis niños?

–Hey, por lo menos tú vas a tener tu propia habitación, Andy. Eso es más de lo que tenemos Steffie y yo.

–Cierra el pico, Nikki. Si papá y mamá siguen así, nadie va a tener una habitación. Mamá, ¿cómo has podido?

–Oh, déjalo ya, Andy. De todas formas necesitamos una casa más grande. Ahora tengo muchos estudiantes de canto y tengo que ampliar el estudio. Nos quedaremos en el barrio, así no tendréis que cambiar de colegio. Estoy segura de que a Melody Appelbaum le encantará saber eso.

–Mamá, Melody es tonta.

–¿Sí? Entonces, ¿por qué os pasáis horas hablando por teléfono todas las noches?

–Mamá...

–Y, de esta forma, todos podréis tener vuestras propias habitaciones. Creo que es maravilloso tener una gran familia. ¿No estáis de acuerdo? ¿No os gustaría tener gemelos?

–Bueno... Supongo que no será tan malo tener a otros dos por aquí. Siempre que me prometas que, por lo menos, uno de los dos será niño.

–Me temo que eso es cosa de tu padre, chico.

–¿Papá?

–Hice lo que pude. Supongo que vamos a tener que esperar y ver qué pasa.

–Sí, sí. Oh, cielos, no otra vez. ¿Por qué no lo dejáis ya de una vez? Relajaros de otra forma, saliendo al campo, gritando o algo así.

–Oh, Andy, feliz cumpleaños, querido.

–Gracias, mamá.

–Trece años. Me parece como si no hubiera pasado el tiempo desde que naciste. Fue una noche para recordar, ¿no te parece, Cooper?

–Tienes razón, Katie. Tienes mucha razón.

–Otra vez no, mamá, por favor. Todos hemos

oído esa historia un millón de veces. Un milagro en la ventisca, ¿no?

—Eso es.

—La noche en que papá apareció para salvarnos a los dos, ¿no?

—Eso.

—El caballero con su armadura blanca que salvó a la damisela en apuros y a su hijo del dragón que escupía fuego y que podía haber sido el padre, ¿no?

—Eso.

—Y Lewis Prentiss, abogado y amigo extraordinario de la familia Dugan, además de un tipo de lo más agradable.

—Uh, sí, ese podría ser yo.

—El que ayudó a poner los últimos clavos en el ataúd del dragón, ¿no?

—Eso es.

—En otras palabras, mamá. Fue el destino, ¿no?

—Cierto.

—Oh, por favor, ¿vais a dejar de besaros ya?

—¿Andy?

—¿Qué?

—Apaga ya las velas.

—Si, bueno, bueno...

Deseo®...
Donde Vive la Pasión

¡Añade hoy mismo estos selectos títulos de Harlequin Deseo® a tu colección!

Ahora puedes recibir un descuento pidiendo dos o más títulos.

HD#35143	CORAZÓN DE PIEDRA de Lucy Gordon	$3.50 ☐
HD#35144	UN HOMBRE MUY ESPECIAL de Diana Palmer	$3.50 ☐
HD#35145	PROPOSICIÓN INOCENTE de Elizabeth Bevarly	$3.50 ☐
HD#35146	EL TESORO DEL AMOR de Suzanne Simms	$3.50 ☐
HD#35147	LOS VAQUEROS NO LLORAN de Anne McAllister	$3.50 ☐
HD#35148	REGRESO AL PARAÍSO de Raye Morgan	$3.50 ☐

(cantidades disponibles limitadas en algunos títulos)

CANTIDAD TOTAL $_____

DESCUENTO: 10% PARA 2 O MÁS TÍTULOS $_____

GASTOS DE CORREOS Y MANIPULACION $_____
(1$ por 1 libro, 50 centavos por cada libro adicional)

IMPUESTOS* $_____

TOTAL A PAGAR $_____
(Cheque o money order—rogamos no enviar dinero en efectivo)

Para hacer el pedido, rellene y envie este impreso con su nombre, dirección y zip code junto con un cheque o money order por el importe total arriba mencionado, a nombre de Harlequin Deseo, 3010 Walden Avenue, P.O. Box 9077, Buffalo, NY 14269-9047.

Nombre: _____

Dirección: _____ Ciudad: _____

Estado: _____ Zip code: _____

Nº de cuenta (si fuera necesario): _____

*Los residentes en Nueva York deben añadir los impuestos locales.

Harlequin Deseo®

CBDES1

Bel iba a casarse con Roderick, pero un desconocido, Andrew Storm, cambió totalmente su vida.

Andrew sedujo a Bel con una habilidad que ella sólo había imaginado en sueños. Era un hombre de primera clase con un talento especial para la seducción. Poco a poco, enredó a Bel en su red hasta que ésta no supo cómo escapar y tuvo que dejar a Roderick para casarse con él. Lo que Bel no sabía era que Andrew tenía planes secretos... en los que ella estaba incluida.

Todo empezó con un beso

Lee Wilkinson

PIDELO EN TU QUIOSCO

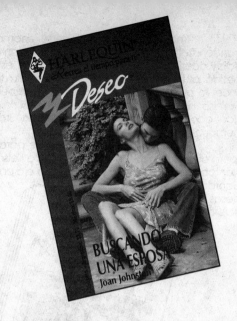

Si Billy Stonecreek, viudo, no encontraba una esposa que pudiera hacerse cargo de sus dos hijas gemelas, los abuelos de las niñas iban a quitárselas. Pero... ¿quién iba a querer casarse con un hombre tan conflictivo como él?

Cherry Whitelaw tenía mala reputación en Hawk's Way; por lo tanto, ¿qué mejor forma de que la tratasen como a una dama que convirtiéndose en madre? Además, seguramente, el atractivo novio acabaría enamorándose de ella algún día...

PIDELO EN TU QUIOSCO

Kelsey no debería haberse enamorado de Brandon Traherne. La pasión que compartían era prohibida y además una traición, ya que Kelsey estaba prometida al hermano de Brandon. Pero ella tenía que hacer lo que le dictaba su corazón y romper su compromiso. Horas más tarde, su prometido murió en un trágico accidente; el mismo que dejó a Brandon sin memoria...

Kelsey y Brandon eran libres para amarse, ¿pero qué futuro los esperaba cuando a Kelsey la atormentaba la culpabilidad y Brandon no era capaz ni de recordar las apasionadas promesas que un día se hicieron?

Magia olvidada

Kathleen O'Brien

PIDELO EN TU QUIOSCO